VIENS LÀ QUE JE TE TUE MA BELLE

BORIS BERGMANN

VIENS LÀ QUE JE TE TUE MA BELLE

Journal imaginaire

SCALI

0107

80, rue du Faubourg Saint-Denis
75010 Paris
www.scali.net
ISBN 978-2-35012-165-9

Tu sais, y'a pas que Lautréamont dans la vie.

À la Bande

« Je ne sais même pas quoi vous dire. Mais y a-t-il vraiment besoin de *savoir* ? Je ne sais pas, je ne pourrai jamais savoir. Toutes ces phrases, ces mots ou ces lettres ont-ils la moindre importance, le moindre intérêt pour vous ? Au fond, ce n'est que de l'encre noire sur du papier : on peut le brûler avec la moindre allumette, avec le plus petit briquet, avec la plus ridicule et pitoyable des flammes. Alors – et je dis ça en souriant, presque par défi – dormez-vous bien le soir ? Lorsque les lumières s'éteignent et que l'ombre envahit votre chambre, arrivez-vous à dormir ? Vous m'avez abandonné, pitoyablement abandonné. Je ne sais même pas si je vous en veux, si je dois vous en vouloir. Je ne sais même pas si vous le savez. Je ne sais rien en fait. Comment avez-vous pu faire ça ? Pourquoi ? Pourquoi ? Pourquoi ? Je le... méritais ? Ça devait arriver ? Destin ? Je n'y crois pas. Comment avez-vous pu faire ça ? Bien sûr, ils me donnent des milliards de raisons. De *bonnes* raisons. Des raisons logiques et normales. Mais je ne les écoute pas. Alors j'aimerais savoir – encore ce mot ! – savoir de vous. Ce que vous en pensez, ce que vous en... Ce livre est pour vous. Vous ? Oui, vous. L'épingle bloquée dans mon dos, le pistolet entre mes dents, une larme coule de mon œil, le gauche. Le droit, lui, sans ciller, il VOUS regarde. Vous. Mon plus grand défaut, ma plus grande qualité. Est-ce que je le méritais ? Vous me faites rire.

Vous, l'adulte sérieux, celui qui m'a… comment on dit déjà ?... Créé ?

Ah oui, ça doit être ça. Grâce à vous, je suis l'enfant du Mal, l'enfant du Vice, celui qu'on regrette et qui vous empêche de dormir. Vous m'aimez ? Je ne pense pas, vous êtes trop lâche pour ça… Désolé, vous avez perdu. J'espère... Non ! Je n'espère rien au fond. Je voulais juste vous dire, monsieur, que je vous haïssais profondément. Mais que je vous aimais aussi.

Mais, ça, c'est une autre histoire. »

Prologue

Au fond, je les ai suivis.

Clac, clac, clac, clac,…

J'adore écouter le bruit du talon de mes boots sur le marbre blanc de mon hall d'entrée. Quand je passe devant le miroir, je croise mon doux reflet, glacé dans l'immensité argentée, qui se répète... Qui se répète... Jusqu'à l'infini.

Je reste quelques secondes à me regarder. Puis, quand tout est parfait, quand mes cheveux brillent à la lueur des derniers rayons du soleil couchant, quand le khôl noir sous mes yeux fait disparaître les traces de cernes des nuits dernières... Et seulement à ce moment…

Je commence à m'admirer : je dois être parfait.
« Aldo, es-tu prêt à tout détruire ce soir ? »
Je suis prêt.
Je suis toujours prêt.
Je suis né prêt.

La nuit est glacée. L'hiver sent qu'il doit partir, donc il résiste comme le loup pris au piège. Je me dirige, comme toujours, vers le métro le plus proche : je vais retrouver la bande.

Je ne regarde personne. Ce sont des fantômes. Moi, je suis déjà ailleurs.

Je marche comme un dieu. Trop sûr de lui, roulant des épaules, le dos droit, le regard hautain. Je bouscule un vieillard. Il se retourne pour attendre des excuses.

Je suis déjà loin.

Sous mes pieds, je sens la Terre tourner. Ce soir, je vais tout détruire. Ce soir, je repars au combat. *Ready to fight, ready to die.* Ce soir...

Mais mettons un peu de logique dans notre désordre.

Et commençons par le début.

1

C'était une journée d'été. De celles qui donnent l'impression de ne jamais s'arrêter. De celles où le temps n'avance plus, bloqué dans un escalator, à contre-courant. Il court, mais il ne peut pas avancer. S'il s'arrête, il tombe.

J'étais jeune et ma mère m'avait envoyé dans une colonie de vacances. Je haïssais cela. Je voulais courir sur des plages interminables ou me perdre dans des forêts immenses. J'aurais préféré rester dans un Paris vide où au moins, les boulevards pollués et sales étaient, à moi, RIEN QU'À MOI. Je voulais tout sauf ces vacances *en cage* où tout est programmé et où *le choix* n'existe pas.

À l'époque, j'étais encore comme les autres. J'aimais le football, le sport, le rap commercial et les joggings. À l'époque, je ne connaissais rien au rock'n'roll, ni aux fringues 60's et encore moins à Burt Bacharach. J'étais juste un peu plus grand, un peu plus mûr que les autres. Et, surtout, j'avais déjà cet air hautain et insolent qui allait bien m'aider par la suite.

Mais cette carapace n'était que de plumes : elle s'envolait au moindre coup de vent. Je n'étais qu'un garçon de 12 ans comme les autres. En trois secondes et demie, tout allait changer, tout allait exploser, tout allait être détruit... Tout.

J'étais assis sous un immense saule pleureur qui dominait toute la cour. Un animateur s'approche. Je ne l'aimais pas. Il portait des marcels, il était vulgaire et banal et, par-dessus tout, il m'attrapait toujours quand je faisais le mur. Il n'était rien pour moi. Il savait très bien que j'étais assis là pour lire tranquillement. Mais, stupidement, il prit un air étonné.

« Oh ! J'ai quelque chose pour toi, ça pourrait te plaire... »

Il me tend un magazine. Sur la couverture, un barbu en santiags me dévisage… MOTORHEAD.

Je lui lance un regard de dégoût et je murmure un vague merci désintéressé, mais, dès qu'il me tourne le dos, je me plonge dans la lecture de ce magazine... *Mojo*.

Et, par hasard, je l'ouvre sur cette page... 13th Floor Elevators. Quel nom ! Et quelle photo ! Mon souffle est comme coupé, je voudrais dire des milliards de choses, mais mon cerveau se bloque et je reste planté là, à fixer cette photo. Sans ciller, je regarde le ciel. Et je me mets à penser qu'au fond il est beaucoup moins attirant que cette photo.

Quelle photo ! Ils me regardent, les 13th Floor Elevators, ce *treizième étage de l'ascenseur*, et j'ai l'impression qu'ils m'appellent, qu'ils veulent m'attirer dans *leur* monde. Toujours à l'ombre de mon saule pleureur, je suis bouche bée, je ne peux rien faire. Je suis au milieu d'une guerre, celle de la colonie et de cette photo, celle de la réalité et de l'autre monde. Je suis comme tiraillé entre les deux. « Reste... » « Viens... » Qu'est-ce qui m'arrive ? Comment une photo peut-elle me faire autant d'effet ? À ce moment même, la cloche sonne. C'est l'heure du réfectoire. Allongé dans l'herbe, je ne veux qu'une chose. Écouter leur musique, la musique des 13th Floor Elevators. La musique de l'autre monde, le monde du rock'n'roll.

Je commence donc la lecture de *Mojo*, en cachette, le soir, car pour moi c'est un objet nouveau et précieux. Au début je ne comprends rien. Les articles seraient écrits en chinois ou en arabe, ça serait pareil. En revanche, les photos me fascinent plus que tout. Il y a quelque chose dedans d'indescriptible, quelque chose qui dégage une puissance infinie.

Tous ces groupes, ces chanteurs, ces guitaristes… je ne sais rien d'eux. Mais leur image dégage un charisme fou. Quelque chose d'attirant et de troublant à la fois. Je ne sais pas si je dois écouter leurs chansons. Car, si je suis déçu par leur musique, tout est détruit à jamais. Peut-être que je n'aime que leur apparence, au fond ? Pourtant, je sais que je ne pourrai rester sans rien faire, je sais que je dois écouter leur musique. Pour moi, ils sont déjà des idoles.

Dès mon retour à Paris, c'est le grand vol : Emule, Limewire et compagnie.

Assis devant mon ordinateur, je liste les noms un à un. Hives, Seeds, White Stripes… Peu importe. Je vole le maximum, si ce n'est plus encore.

Et ma vie change grâce à ces accords, ces mélodies, ces rythmes… J'ai enfin trouvé ma musique, ma voix. Je suis pris au piège, je ne peux pas m'arrêter. Tout savoir, tout connaître. C'est mon unique objectif.

J'ai une main invisible qui me bloque la tête dans une seule direction : le rock'n'roll. Je ne pense qu'à ça. En cours, je ne travaille plus. Je m'écarte des autres aussi vite que je découvre ce nouveau monde, mon nouveau monde.

Le soir, dans ma chambre, c'est un concert. Mes baffles hurlent les chansons que je connais déjà par cœur. Je m'allonge sur mon lit. Je mime les plus grands solos, les plus grands cris,... Je hurle dans un micro imaginaire, je me tords, je me contracte, j'explose jusqu'au dernier accord. Le point d'orgue.

Je ne rêve que de Stones, de Stooges ou de Sex Pistols. Je rêve de backstages puants, de rails de poudre blanche sur une table basse et de filles magnifiques se battant pour passer la soirée à mon bras. Je rêve de clichés.

Seul avec ces chansons, je deviens comme fou, tout mon passé, ton mon quotidien, tout ça n'a plus d'importance. Seul, *je prends de la hauteur.*

Le soir, dans ma chambre, je suis une rock star.

Puis ma mère rentre en trombe. Elle ne me comprend pas. Pour elle, je ne dois pas m'intéresser à des gens pour la plupart morts qui aiment ou aimaient les filles faciles, les drogues et la vie sur la route. Pour elle tout ça est impossible. Ayant vécu seule avec moi depuis ma naissance, elle me connaît par cœur. Mais, là, tout change. Alors elle a peur. Mais ne comptez pas sur moi pour m'arrêter à ce détail, c'est déjà trop tard. Dans ma chambre, elle marche sur les magazines ouverts sur le parquet, pousse les pages déchirées et les piles de disques qui s'écroulent sur son passage, et elle baisse le volume.

Alors je redeviens Isidore, le jeune garçon de 12 ans qui a cours demain à 8 heures.

La voix de Mick murmurant *She's like a rainbow* s'éteint dans ma chambre. La porte claque. Et les lumières s'éteignent.

Puis je remonte le volume. Toujours plus fort.

More and more, all the time. More and more, every night.

2

Je réussis par je ne sais quel moyen à obtenir de ma mère la permission d'aller voir les White Stripes au Zénith le jour de mon treizième anniversaire. Ce premier concert fut l'étincelle qui me mènerait à l'explosion. Totale.

Pour moi, je vois ça comme un baptême, un dépucelage. Mais j'ai horriblement peur. Peur en arrivant dans cette fosse immense. Là-bas, tout me paraît plus grand : la salle, les gens, toutes ces lumières qui me regardent. Je suis perdu dans une marée de cuir, de velours, de cheveux, de tee-shirts rouge et blanc. Je n'ai aucun repère, aucune pierre blanche pour baliser mon chemin. Je suis perdu.

Au premier accord, tout ça s'envola.

Je suis dans l'autre monde, de l'autre côté du miroir. Les White Stripes n'ont pas le droit à l'erreur. S'ils ratent, jamais je ne remettrai les pieds dans une salle de concert. Je ne me souviens de rien. Seulement de la violence qui se dégageait. Une violence ROUGE et BLANCHE.

BLANCHE comme la sueur qui coule sur mon front. Je trébuche. Je tombe. Mon bras érafle le sol.

ROUGE comme le sang qui coule de ma main. Je me relève. Je ne me retourne pas, je ne peux pas me retourner. Je suis trop vite emmené loin de ma chute, perdu dans les vagues de la foule. À partir de ce moment, je ne pourrai plus revenir en arrière. Je suis comme électrifié par cette musique. Je ne peux plus bouger.

Je suis bloqué dans une toile d'araignée.

Plus je me débats, plus les fils se resserrent.

En sortant du Zénith, un orage éclate.

Je rentre à pied, sous la pluie. Je ne vois plus rien. Le monde autour de moi n'est qu'eau et tonnerre. Au-dessus de moi, le ciel noir, strié d'éclairs, est plus menaçant que jamais. L'eau ruisselle à mes pieds.

Mais ça n'a pas d'importance. Je ne tomberai pas. Je ne tomberai plus.

Je suis encore dans le concert, dans la toile. Pour toujours.

De toute façon, je n'ai pas le choix.

Car, plus je me débats, plus les fils se resserrent.

Mais il me manque quelque chose, quelque chose de primordial. Quelque chose qui puisse me relever si je tombe, qui puisse me soutenir si je flanche ou qui puisse tricher si je perds. Une bande. Des gens de mon âge qui aiment les mêmes choses que moi, qui veulent les mêmes choses que moi, qui sont les mêmes choses que moi.

Des gens pour qui je mourrais, et qui mourraient pour moi.

Ce soir, le sommeil ne viendra pas.

3

Dans le dernier *Rock & Folk*, je tombai sur cette rubrique par *erreur*. Une photo en noir et blanc : un cuir, un tee-shirt du Velvet Underground. Et au-dessus, ça :

ANNA'S :
concert ultra stylé du jeune combo
de Joinville-le-Pont au Bar 3,
et un espoir de plus, un.

Enfin, le signe apparaissait. Mais je devais attendre, attendre la permission, le droit, l'accord. Tous ces mots qui font peur et que je commençais à détester.

À partir de septembre prochain, trois groupes de la jeune scène rock parisienne allaient se produire tous les vendredis au Gibus. Je ne pouvais pas rater ça. Et, malgré les négociations impossibles avec ma mère, je me jurai qu'après les vacances je les attendrais au Gibus de pied ferme.

L'été allait être long.

4

Toute la journée, j'attends la sonnerie. Mais, comme pour les White Stripes, j'ai horriblement peur. Que va-t-il arriver ? Le Gibus est une salle petite, au grand maximum 800 personnes : cette fois-ci, je ne pourrai pas me cacher dans une foule. Toute la journée, mon stylo tremble sur ma feuille, je ne peux rien écrire.

Une boule m'obstrue la gorge, j'ai du mal à respirer. La sonnerie sonne enfin. Et, bizarrement, je suis le dernier à sortir de la classe : mon excitation est bloquée par ma peur.

Qui est caché au bout de ce couloir ? Qui m'attend au tournant ? Personne, c'est peut-être ça qui me fait le plus peur : je suis seul.

Je décide d'y aller à pied par la longue rue de Belleville. Le vent souffle contre moi. J'ai l'impression qu'on veut m'empêcher d'arriver à ce concert, tout en bas de la rue. J'ai du mal à avancer, comme si une force invisible s'opposait à moi. Tout est fait pour m'empêcher d'arriver : on me bouscule, les feux deviennent verts à mon passage et je manque d'être écrasé trois fois. Malchance, les dieux sont contre moi.

Je suis au bord d'une falaise.

Je ne peux pas reculer. J'aimerais pourtant revenir tranquillement chez moi, regarder la télé, être *normal*. Mais trop tard. J'ai déjà choisi ma voix. J'ai atteint un point de non-retour. Si je retourne en arrière, je tombe et je meurs.

Que va-t-il se passer ? Que va-t-il se passer au bout de cette rue ? Vais-je en revenir ?

Devant moi, c'est l'Inconnu. Je marche dans le noir, à tâtons. Personne ne m'aide, personne ne me guide. Sur quoi vais-je tomber ? Sur du verre brûlant qui me détruira à vie la main ? Sur la plus belle des étoffes, que je n'aurai plus qu'à voler dans un geste félin ? Qu'est-ce qui m'attend au bout de cette rue ?

Je ne dois pas m'arrêter. J'accélère le pas. Toujours plus vite. Maintenant, c'est moi qui bouscule les gens. Je ne pense plus à rien. Plus de question. Plus de doute. Ils se cachent au fond de moi. Qu'ils y restent pour l'instant ! Je dois cacher mes points faibles, je dois être fort, IMBATTABLE.

Plus rien n'a d'importance. Je dois juste descendre cette rue. Ces cinq cents mètres qui défilent devant moi. Je suis terrorisé. J'ai peur de ne pas être à la hauteur, peur qu'on se moque de moi. Car, bien sûr, mon jean n'est pas slim et je suis en baskets. Mais c'est trop tard pour réfléchir à cela maintenant. Je dois juste continuer à descendre cette rue. Je dois juste continuer à descendre en enfer.

Mais puis-je imaginer mon avenir sans ce concert ? NON.

J'arrive dans l'antre, le Gibus. Un chapeau haut-de-forme indique l'entrée.

C'est une espèce de trou sans fond, avec des passerelles bizarres, puant l'alcool et la pisse. La lumière du soleil et la chaleur du jour sont tout de suite bloqués dès qu'on entre dans la cour, *l'antichambre* du Gibus. Je passe le porche, l'obscurité dilate mes pupilles, j'ai la chair de poule. Très loin, on entend le bruit étouffé d'une musique indescriptible.

Je suis en avance, bien sûr. Je pensais tout simplement que les Anna's et les Nabis étaient les Rolling Stones et qu'il allait y avoir au moins douze mille personnes devant un Gibus plein à craquer : je suis seul.

Mais la porte s'ouvre. Claquements de boots sur le sol et, toujours sans savoir d'où elle vient, cette musique qui s'amplifie, s'amplifie, s'amplifie…

La porte se ferme, tout s'arrête.

Devant moi se tient un jeune homme. Grand, brun, jean blanc et veste étriquée. Il me regarde, s'approche :

« Tiens ! T'es en avance, toi. Tu veux venir voir nos balances ? »

Je ne savais pas ce que c'était, les balances. Mais qui aurait refusé ? Lui, je le connaissais déjà, c'était Théodor, le chanteur des Anna's. Après quelques présentations, nous sortons de l'*antichambre*, je le suis dans l'antre. Passons aux choses sérieuses maintenant.

Je le suis dans un escalier en colimaçon qui descend sous terre, je le suis dans le collimateur. Plus de lumière, plus de repère, et la musique qui s'avance et s'éloigne. Je sens sous mon tee-shirt mon cœur qui n'arrête pas de battre. Une goutte de sueur coule le long de mon dos, je peux pratiquement prévoir où elle va tomber. J'ai peur de ce qui va m'arriver. Je crois avoir déjà ressenti ça, à une rentrée scolaire ou à mon premier baiser. Mais, là, c'est différent. Je ne sais pas ce qui m'attend. J'ai peur du futur.

J'entre finalement dans une grande salle au plafond assez bas. Sur la droite se trouve la scène et il y a un long bar à gauche.

Ils sont tous là.

Cintrés. Étriqués. Serrés. Cheveux longs. Tous ces mots qui m'ont toujours été interdits, tous ces mots qui me font tellement envie. Ils sont exactement ce que je veux être. Dans un même mouvement, comme s'ils n'étaient qu'un, ils tournent la tête vers moi. Ils me regardent. Je rougis, j'ai honte. Honte de mes Converse, de la couleur de ma veste et de mon baggy.

Entre nous, il y a une distance énorme. Mais je ferai tout, TOUT, pour les rattraper, et même les dépasser. Dans cette petite salle du Gibus, pendant que nos regards se croisent, mon regard et celui de la bande, le leur, je comprends que je n'ai plus le choix. Vraiment.

Même en descendant la rue de Belleville ou après les White Stripes, j'aurais pu *revenir*. Mais là, non. C'est trop tard. J'ai découvert ce qu'on gagnait, il ne me reste plus qu'à *payer le prix*.

En les voyant, je comprends vite qu'il me manque un truc fondamental : le style.

Dorénavant, je ne laisserai rien passer. Une adresse de fripe, une veste à acheter, un bon plan... J'ai décidé de tout voler, de tout m'approprier, de piller l'histoire depuis les 60's... 1860's.

Puis.

Les portes se sont ouvertes.

Tous les adolescents électriques et les jeunes filles en robes à pois se sont retrouvés au Gibus. Je suis comme dans un rêve. J'ai les yeux grands ouverts, je regarde tout ce qui se passe, je ne veux rien rater. Pour moi, être ici est un événement, car j'ai mis au moins trois heures à convaincre ma mère de cette sortie. Mais, ici, ça n'a pas d'importance. Ici, ma mère disparaît.

Des filles me frôlent, je baisse les yeux. Un jour, leurs lèvres seront toutes à moi. Qu'est-ce que les filles sont plus belles sous la lumière des projecteurs ! On a déjà chaud, tant mieux.

Il y a trois groupes qui jouent ce soir : Whites, Nabis et Anna's.

Bloqué dans la fosse, je ne fais plus qu'un avec la musique. Chaque mélodie me parcourt le corps, je tremble comme jamais. Je suis un paratonnerre : toute la violence, l'énergie, l'électricité, la haine dégagées par cette musique me transpercent le corps. Je ne fais plus qu'un avec la foule. Nous ne sommes plus que chaleur et folie. Je ne peux pas tomber, on me retient. Sous mes pieds, entre les mégots de cigarettes et les cadavres de bouteilles, le sol noir m'attire comme le néant. Nos corps se frôlent. David, le chanteur des Whites, sort une flûte. Nous ne sommes plus qu'un immense serpent dressé au son de cette musique. Nous ne pouvons plus nous arrêter. Nous, la foule, moi.

Alors, j'ai compris que je devais devenir le roi de ce monde, que je devais tous les dépasser. Je me jurais qu'un jour on me regarderait avec crainte et envie comme je les regardais un peu plus tôt, quand le soleil était encore levé. Je ne serais plus jamais le petit garçon de 13 ans qu'on ne remarque pas. Non ! Je serais un roi !

Puis les Anna's montent sur scène. Je ne suis plus que poussière. Mon corps se transforme. Très loin, une lumière blanche m'attire. Je ne suis plus moi-même, je suis sur scène, devant le micro. La foule hurle, crie mon nom, je me couche sur ses mains tendues. On me porte, plus loin que tout. Pendant que les Anna's jouent, je comprends qu'à partir de maintenant il n'y a plus de sortie.

NO WAY OUT, NO ESCAPE.

Puis la foule se disloque, se rompt, se sépare. On se retrouve dehors, dans le froid. Ils attendent *les plans*, les soirées. Bien sûr, j'aimerais les suivre, mais je dois rentrer.

Je remonte la rue, seul. Et, malgré ma promesse, je me retourne une dernière fois. Je les vois partir au loin. Je crie : « Soyez prêts, j'arrive ! »

Mais ils n'entendent rien. Ils ne se rendent pas compte que je prends de la hauteur. Que je vais bientôt dépasser la lune et les étoiles et être au-dessus de tout, au-dessus d'eux.

Au loin, ils partent vers le métro. Dernier regard caché, au-dessus de l'épaule. Tout ce royaume, il sera à moi. Je me le jure, je vous le jure, j'y arriverai.

Get ready 'cause here I come.

5

Mme X me parle de fractions, je ne l'entends pas. Sur le tableau noir, la craie blanche écrit des formules compliquées, je ne les vois pas. Je suis assis sur une chaise minable et je ne pense qu'à une chose : comment vais-je m'habiller ce soir ? Mes yeux se perdent dans les chiffres et les opérations. Tout ça n'a aucune importance. La sonnerie retentit et, cette fois-ci, je suis le premier à sortir.

On est vendredi. RITUEL. Je fonce chez moi pour me changer, *le temps presse.*

Je dévale la rue de Belleville, j'esquive voitures et lampadaires, le vent me pousse, je ne peux pas m'arrêter, je vais trop vite. Je vais toujours trop vite. Tout va toujours trop vite.

Je retrouve la bande devant le Gibus. On marche tous ensemble, côte à côte. Avec eux, je suis bien plus grand, bien plus fort. On est imbattables, immortels. Les gens se retournent sur notre passage, je ne les vois pas. Comme les fractions quelques heures avant, ils n'ont pas la moindre importance.

Quelqu'un me tend une fiole de whisky. Le goulot se rapproche de ma bouche. Mon corps tremble, je déglutis : c'est horrible. Dans ma tête, c'est l'explosion, je ne contrôle plus rien. Mes sens se bousculent. Je ne peux pas... je ne dois pas... Il continue sa descente au fond de ma gorge, puis dans mon œsophage en raclant les parois avec violence. Il arrive dans mon estomac, le goût devient insupportable. Je cherche de l'air à tout prix, j'ai comme l'impression de me noyer. Tout ça se passe en un éclair, mais mon cerveau ne me demande qu'une chose : surtout, je ne dois rien laisser paraître. Je souris, j'en redemande.

Le Gibus est devenu ma maison, ma vraie maison. Ça fait un mois que j'y suis allé pour la première fois et, déjà, je me suis fait un nom : *Dent Petav'*, car l'une de mes incisives est cassée.

Ici, c'est nous contre le reste du monde, le monde de nos parents, le monde du mauvais goût. C'est nous contre tous. C'est ça, la bande. Quand on marche côte à côte et que, au loin, on entend le claquement de nos boots sur les trottoirs grisâtres et sales, c'est dans ces moments que je vole au-dessus de la chaussée. C'est dans ces moments que j'oublie l'école, ma mère et le reste du monde. C'est dans ces moments que je suis *quelqu'un*.

Mais ça ne me suffit pas, je veux toujours plus. Plus de filles, plus d'amis, plus d'ennemis... je suis trop timide. Lorsque que toutes ces filles dansent entre deux concerts, que mon regard se pose sur leurs hanches élancées, toujours en mouvement, je veux m'approcher d'elles, leur murmurer l'Amour à l'oreille et garder leurs bras autour de mon cou au moins jusqu'au matin.

Mais je ne peux pas.

Je ne suis peut-être pas encore prêt ? Raison de plus pour le faire, alors.

Ma main parcourt la barrière métallique du pont de Joinville-le-Pont. En dessous de moi, la Marne est déchaînée. Dans le ciel, les nuages défilent continuellement, fracturant le soleil et ses rayons tristes d'automne. Les reflets de la rivière ne sont que mille miroirs en mouvement, de la soie pure étirée jusqu'à l'infini. Une décharge électrique transperce mes doigts qui frottent sur le parapet. Au même moment, le soleil disparaît derrière les nuages de plus en plus menaçants.

J'arrive chez Théodor. Il doit me vendre une paire de *Beatles boots* noires. Elles sont là. Je ne peux pas les refuser. Elles me vont à merveille, même si elles me déchirent les pieds. Mais seraient-elles aussi belles s'il n'y avait pas le mal avec ? Je me lève, le talon claque sur le parquet. Dans le miroir craquelé posé devant moi, je vois un jeune homme grand, brun, bien habillé et, pour la première fois, beau. Je m'admire.

Dehors, la pluie commence à tomber.

Le style… c'est cette chose, ce vulgaire mot, ces cinq pitoyables lettres, c'est ça qui m'a le plus tué. Car, au début, je ne connaissais ni la musique, ni les textes, et encore moins l'Histoire, celle avec le grand H. Alors ça a été les photos et donc le style, ou la mode, si vous préférez. Le style, c'est la veste rouge et noir du chanteur des Flamin' Groovies période *revival* Beatles, le style, c'est les *Chelsea boots* de Keith ou de Dylan, le style, c'est le pommeau d'or de la canne de Beau Brummel ou les cheveux hérissés d'un Johnny Thunders défoncé. Le style, c'est la grande claque, la touche de magie, l'électricité qui se dégage de nos corps donc de nos vêtements, c'est la puissance que j'ai ressentie au Gibus, la première fois. C'est le claquement des boots de la bande, résonnant sur un trottoir parisien, où bientôt on entendra aussi le mien.

Les fringues, c'est nous.

Il est 16 heures, je me prépare. Ce soir, je sors en toute légalité. Ma mère m'a fait signer un nouveau contrat. Ils s'entassent depuis que je suis tout petit dans une boîte en carton qu'elle a cachée dans son armoire.

« Je, soussigné Isidore Ballin, suis autorisé à sortir le vendredi 16 décembre 2006 et m'engage à ne pas boire d'alcool, ne pas fumer ni prendre de drogue. »

Je signe devant témoin, ma mère. Je tiendrai presque parole. Les pièces qui serviront à m'acheter mon flash de vodka claquent dans ma poche.

Les Whites ont fini leur concert. Le carrelage symétrique du bar miteux où nous sommes réunis est frappé de toute part par les boots et les ballerines qui n'arrêtent pas de danser. Mon nouveau pantalon de costume noir me colle aux jambes. Il a vraiment une coupe parfaite.

On décide tous d'aller chez une fille. Assis sur un canapé, je n'ai qu'à tendre le bras pour attraper les bouteilles qui défilent devant moi. L'alcool me monte à la tête. Je me lève, je tourne, je divague : je suis dans un autre monde. Autour de moi, tout s'envole, tout est détruit. Ma timidité avec. Je m'approche d'une fille, je l'embrasse, mon bras passe doucement entre ses cuisses. Je ne suis plus moi-même, je n'ai plus de barrière, de limite.

Je tombe par terre. On me relève. Où-suis je ? Je bois quelque chose de mauvais. Je crache par terre, la fille hurle et me vire de son appartement. Je sors. Lentement, un vase tombe d'une étagère et explose sur le sol, le même carrelage symétrique que dans le bar.

Je vais prendre l'air, je dois prendre l'air. Je suis seul dans la rue noire. Je ne peux pas marcher droit, lc sol bouge, il m'empêche de tenir debout. La porte de l'immeuble s'ouvre. Théodor s'approche, il me relève et me fait manger quelque chose. Ça va mieux. Le sol redevient stable. Au-dessus de moi, la triste lueur des lampadaires éclaire ma chemise blanche. Théodor se moque de moi. Je serre les poings. L'alcool ne me réussit pas. Enfin, c'est ce que je pense...

On rejoint les autres un peu plus tard. On décide d'aller en boîte ou dans un bar, je ne sais plus. L'escalier du métro est pentu, je glisse sur une marche, je m'accroche à la barrière. Lentement, l'entrejambe de mon pantalon se déchire.

Je dois rentrer chez moi. Tout le monde rigole.

Ma première sortie est gâchée. Arrivé chez moi, je fais croire à ma mère que je suis tombé en dansant un rock. La pauvre, si elle savait. Je m'étale sur mon lit, j'ai la tête en mille morceaux. Au-dessus de moi, des images défilent : le concert, l'alcool, la fille, encore l'alcool, je tombe, mon pantalon. La lune brille dans le ciel : je m'endors.

6

Le tableau s'est décroché du mur. Il tombe sur le parquet avec fracas. Une fille hurle. Les jambes croisées sur la table basse, un verre d'une liqueur inconnue à la main, ma soirée s'étire tranquillement. Une odeur de brûlé émane de la cuisine. La fille hurle plus fort. Tout ça devient ennuyeux. Des gens dansent dans la salle à manger. Un fauteuil se renverse, un verre se casse. La tension monte. Au loin, la basse de « Take a Heart » des Sorrows se fait entendre. Je passe mon bras autour des hanches de la fille assise à côté de moi. Timidement, je la regarde. L'alcool est encore là pour m'aider. Je m'approche d'elle, je pourrais presque sentir son souffle sur mes lèvres, mais elle tourne la tête : un mec arrive. Il regarde successivement mes jambes posées sur la table, la fille, mon bras, le tableau au sol, les bouts de verre… ce même regard que je jette à la fille aux cheveux blonds que j'allais embrasser. Et toujours la basse, dans le fond. À cause de lui, j'ai tout raté, la fille ne sera sûrement pas à moi. Mes sourcils se froncent.

« Excusez-moi, je suis le petit ami de la fille qui organise, vous devez partir… »

La bande est là, derrière lui. Il se prend une droite, il tombe, le sang coule sur le tapis. La fille que j'enlace se lève horrifiée. Je soupire, les autres rigolent.

« C'est pas grave, tu l'auras un autre jour ! » Un goût amer traîne dans ma bouche. On part. De loin, je vois toujours cette tache rouge sur le tapis. Rouge sang.

En plus, le tableau n'était même pas beau.

On se retrouve dans un taxi avec Théodor et Alain, le clavier des Whites. Je ne sais plus comment j'ai fait pour entrer au Baron. Au bar, j'aborde une mannequin suédoise. Je m'approche, mes lèvres glissent de la courbe de son cou jusqu'à sa bouche. Ses lèvres ont cette couleur rouge sang qui fait tourner la tête, la même que sur le tapis. Elle me regarde, sourit et va rejoindre son petit ami sur la piste de danse. Vite, je disparais.

Mon téléphone sonne, c'est ma mère. Je devais rentrer à minuit. Il est 4 heures. Dépêchons-nous avant d'être en retard.

7

Devant moi, la mer s'étend à perte de vue. Seuls quelques bateaux cassent la monotonie de ce bleu statique et linéaire. L'écume s'écrase paresseusement contre la jetée où je me tiens debout, plus grand que d'habitude. Quelques oiseaux crient dans le ciel et les rares nuages ne peuvent empêcher le soleil de rayonner comme jamais. La plage est vide, d'un calme lunaire, presque violent. *Un calme qui vous agite.* L'eau cogne contre les galets blancs. Le soleil frappe de plus en plus fort. Ivre de lumière, je vacille dans le vent. Ce soir, c'est le réveillon. Ce soir, je suis seul en Bretagne, coincé entre le foie gras, les huîtres et le bleu du ciel. Ce soir, je suis loin de la bande.

8

La baie vitrée se brise en mille morceaux. La bande n'est pas invitée à cette soirée. Les insultes fusent. Il y a du sang sur tout le buffet. Ils doivent partir, s'enfuir même. Les autres sont beaucoup trop nombreux.

« On vous retrouvera dans trois semaines, devant l'Alsacienne, 18 heures, on vous attendra. »

Dehors, les grilles du Luxembourg sont toujours aussi noires.

De loin, je ne voyais pas très bien qui ils étaient. Je pensais d'abord à la bande. Je suis arrivé en avance au coin du Luxembourg. Devant, ils sont là, une centaine. Mes ennemis, les autres, ceux du lycée Montaigne. Je me jette stupidement dans la gueule du loup, sans le savoir. Bien sûr, ils m'ont repéré, ils me regardent et hurlent telle une meute ayant trouvé son gibier. Pas de temps à perdre, je cours comme jamais, longeant le Luxembourg vers la rue d'Assas. Je cours sans réfléchir, je ne les regarde pas, je ne me retourne pas : si je ralentis, je suis mort.

Les branches d'un arbre me griffent la joue. Suivant l'ossature de mon visage, une goutte de sang glisse jusqu'à mes lèvres. Je l'aspire entre mes dents. Elle a un goût acide, violent, rapide comme ma course, presque dangereux. Je l'avale. Je bouscule un groupe de touristes, je me cogne contre les grilles noires et poussiéreuses du parc. Sur ma joue, un trait rouge, en diagonale. Je l'efface d'un geste de la main. Je lèche mes doigts : ils ont le goût du sang.

J'arrive à l'École alsacienne. La bande est là. Je balbutie quelque chose : « Putain... centaine... fou... vite... » Mon souffle bloque mes paroles et mes pensées, mes jambes sont déjà saturées, mes yeux sont remplis de larmes qui coulent sur le col blanc de ma chemise.

Derrière moi, ils arrivent.

Nous sommes en ligne, telles deux armées allant combattre. Au-dessus de ma tête, des insultes fusent. Le soleil de janvier vient de se coucher, ils s'avancent. Des gens sont devant moi, je ne vois rien. J'entends un cri, puis le bruit sourd d'un corps frappant le sol. Le gyrophare d'une voiture de police se rapproche. Les deux armées se disloquent. Sur la chaussée, il y a une flaque de sang. Nous commençons à courir partout. Dans l'avenue de l'Observatoire, la rue Auguste-Comte, la rue Vavin, la rue d'Assas, la rue Notre-Dame-des-Champs, nous sommes partout, en petits groupes. Nous devons juste nous éloigner de ce gyrophare qui approche peu à peu. Je suis essoufflé comme jamais. Je retrouve les autres en haut du boulevard Saint-Michel. Une voiture de police nous croise. Lentement, nous sourions.

> *« La volonté d'agir, qu'est-elle devenue ?*
> *Depuis longtemps elle a disparu… »*
> (James Joyce, *Ulysse.)*

Je sors d'une fête près du Panthéon, alcool dans le sang, nuit noire, aucun bruit.

Le silence est oppressant, je n'entends que le bruit des talons de mes nouvelles boots, le talon cubain. Clac, clac, clac, clac… Toujours ce même claquement, comme les battements de mon cœur.

On s'est encore battus.

Je rentre quand, soudain, je croise un mec avec un trench Burberry bleu, col relevé, coupe parfaite : une merveille. Je sors un couteau de ma poche et je le suis. Je le rattrape rapidement et, au détour d'une rue, je lui glisse tranquillement ma lame sous la gorge. Je sens sa pomme d'Adam cogner contre le couteau, il tremble.

« Votre trench, monsieur.

– T'es vraiment un enculé !

– Non ! J'ai dit *monsieur* ! »

Je lui arrache le trench. Je traverse la Seine vers Châtelet. Le trench est beaucoup trop grand, j'ai l'air d'un vieux ! Je le lance dans la Seine. Il ne fera plus de mal à personne, maintenant.

Dommage. Il était beau.

Je suis juste assez cynique pour en faire ma ligne de conduite.

Les Nabis jouent pour la sortie d'un bouquin. *Open bar*, ces deux mots suffisent pour faire frémir. Et pour tout oublier du concert.

Je n'ai jamais bu autant d'alcool. Vingt whiskies-Coca et cinq gin tonics. Impossible de tenir debout. Je me souviendrai toujours de cette image : on avait pissé partout dans les toilettes, partout. Alain arrive, habillé avec son costume de scène, son costume de Whites, tout en blanc. Il entre dans les toilettes, glisse et tombe sur le sol presque jaune. Tout en blanc...

On me soutient et on me fait prendre l'air. C'est un dimanche, en plus. Demain 8 heures, ça va être dur. Tant mieux.

Je hèle un taxi pour rentrer chez moi. Arrivé dans mon appartement, je prends ma mère dans mes bras et vomis. Je lui dirai que le McDo est mal passé. La gifle sifflera dans mes oreilles.

Ne me regardez pas comme ça ! C'était simplement mon premier open bar.

Simplement.

9

C'est le concert de l'année. Mon concert de l'année. Les Whites à la Flèche d'or, je ne peux pas rater ça. Mais c'est le premier jour des vacances de février et, bien sûr, je pars à l'UCPA faire du ski.

Je m'en fous. Malgré mon départ dans quelques heures, j'enfile mes *Beatles boots*, enfourche mon vélo et fonce vers la Flèche d'Or.

C'est une salle assez intéressante. Très belle et très grande. Avec un jardin et une terrasse où on aperçoit une voie de chemin de fer désaffectée. Il y a un restaurant sympa et une statue énorme de Zeus tenant ses éclairs et qui vous regarde l'air de dire : « Attention, je vous surveille. »

Je t'emmerde, Zeus.

Je retrouve toute la bande dans la salle. Les Nabis jouent aussi ce soir, mais trop tard pour mon train. Comme chacun sait, un concert ne commence jamais à l'heure. Je tente de foutre la pression à David pour qu'ils commencent plus tôt. Filles magnifiques. Ambiance surchauffée. Départ dans une demi-heure.

Je n'en peux plus. Je veux que tout commence, pour moi. Tout de suite, maintenant.

Mais Zeus continue de me regarder en disant :

« L'heure tourne.

L'heure tourne.

L'heure tourne.

L'heure tourne.

L'heure tourne. »

Et rien. Rien. Je dois partir.

Je suis surchauffé pour une soirée où je ne serai même pas. Bien sûr il y aura d'autres concerts. Mais ce sont les adultes qui disent ça. Pas moi.

Je rentre chez moi. J'engueule ma mère. Je la hais. Pourquoi m'a-t-elle inscrit à ce séjour ! Pourquoi ! Pourquoi aujourd'hui ! Pourquoi ce soir !

« Mais ne t'en fais pas, Isidore, il y aura d'autres concerts. »

Ma mère est une adulte. Rien qu'une adulte. Géniale parfois, mais tellement adulte. *I hope I'll die before I get old.* Les Who avaient raison.

Je dois partir à la gare. Je n'aurais pas dû insulter le Zeus de la Flèche d'or. Il se venge maintenant.

J'ai toujours détesté les trains. Il y a toujours une odeur de beauf ou, pire, de famille. Ça sent le saucisson, le papier jauni d'un magazine sportif, la transpiration et les joggings.

Paris défile sous un ciel noir. Je suis appuyé contre la vitre. Ma chemise me serre le cou, j'ai chaud. Je frappe la vitre. Pourquoi ! Pourquoi ce soir ?

Et Paris ne s'arrête pas. Pire, il défile plus vite.

Je me rends compte que plus rien n'a d'importance. Je me fiche des 60's, des mods, du ski ou du collège. Je m'en fous. Je voulais juste être à ce concert. Je hais ma mère. Je la hais. Comment a-t-elle pu me faire ça ? Je n'en reviens pas. La buée de la vitre se colle à mon visage. Je hais le monde entier. Je veux lui cracher à la gueule. Ne plus jamais me laisser faire. Je ne devrais pas être dans ce train. Ce n'est pas moi.

C'est quelqu'un d'autre.

Je devrais être au-dessus de la foule, porté par la mélodie de « L'Enfant prodige ». Mais je ne devrais pas être là. Je vous maudis. Ça vous fait rire, hein ! C'est drôle pour vous. Mais bientôt vous allez comprendre qui je suis vraiment.

Il y a ceux qui savent et puis il y a les autres. Rappelez-vous cette phrase. Ne l'oubliez pas.

Je suis collé à la vitre. Paris est déjà loin. Trop tard. Je me retourne. Une famille de province me regarde. Les pires. Ceux qui pensent que la télé et les canettes de bière sont des objets nobles, ceux qui ont des joggings Sergio Tacchini, ceux de l'autre monde, de l'horreur et de la mocheté. Et puis deux jolies filles me dévisagent avec un grand sourire.

Au fond, ce voyage ne va pas être aussi horrible.

10

J'aime la neige. Le talon de mes boots s'enfonce dans les rues toutes blanches de Bourg-Saint-Maurice. Je quitte les filles du train. Elles me donnent leur adresse. Je lance le papier dans la poudreuse. Ça fond doucement. Tant pis, je le reprendrai au retour.

« Ouah ! C'est quoi ces bottes de pédale ? »

Je me retourne. Regard de haut en bas. Il m'insulte et essaye de me pousser. Tout le monde nous encercle. Il est gros et lourd, je l'esquive facilement et je lui envoie une bonne droite dans son double menton.

Il tombe par terre. Je lui attrape son cou plein de graisse.

« J'ai pas bien compris ce que t'as dit ! »

Il bafouille des excuses. Il n'y a plus un bruit. Je me redresse, relève mon col et dévisage la petite foule. Pas un mot. Pas un bruit. Seulement la montagne qui me regarde. Moi, je souris.

Les moniteurs arrivent. Je suis déjà loin.

Le temps est long quand on s'ennuie. Je ne pense qu'à mon retour à Paris.

Je n'ai ni baladeur, ni MP3, et je suis en manque de bonne musique, en manque de cuivres éclatants et de cordes qui vous font frémir. En manque de filles en ballerines et de clubs enfumés. J'ai envie de traverser la Seine, de remonter le boulevard Saint-Michel en courant. Voler une pomme à l'épicerie du Luxembourg, et courir. Vers rien, plus vite que le vent. S'arrêter sur un banc. Souffler et croquer dans la pomme. S'étouffer, car on a fait ça trop vite.

Toujours trop vite.

Regarder les jolies filles passer, lire *Le Monde* en trench étriqué.

Vous allez me dire que ça ne se fait pas.

Je vous réponds que je ne sais pas me justifier. Désolé.

11

Puis le train, encore et encore. Je n'ai même pas retrouvé l'adresse des filles rencontrées pendant le voyage d'aller… et pour cause. Comme quoi…

Là-bas, une grosse soirée se prépare. Une soirée dans le 94. J'arrive juste à temps. Pas trop tôt, presque trop tard, sur le fil. *Period.*

Je décide de prendre mon blazer croisé, celui bleu nuit aux rayures noires. Une chemise blanche, cintrée, ça suffira. S'habiller est un art subtil, presque impossible. Il ne faut jamais tomber dans l'ennui, dans la normalité, dans le décor. Il ne faut jamais être « comme un vieux » ou pire... classique. Il faut choquer, impressionner. Les gens doivent se retourner. On est devant la scène, les lumières nous aveuglent, atteindre la perfection, c'est ça le but ultime.

Le reste, aucune importance.

Tout doit être calculé et préparé, je maîtrise le futur, je suis le futur. Improviser ?

Je suis un roi de l'improvisation. De l'improvisation préméditée, c'est ça la clef.

Le métro est un examen.

Si les gens me dévisagent, je suis très bien habillé.

Si, au contraire, je me fonds dans la masse, tout est à refaire.

Les autres ne comprennent pas que ma veste puisse être cintrée et que mon pantalon soit autant serré. Je suis une erreur. Une belle erreur. Mais, au fond, je ne leur ai jamais demandé de comprendre.

Certains disent que je ne serai jamais un Musset ou un Byron... Ils ont raison, je suis bien mieux.

12

Arrivée à Joinville dans une belle maison, très grande, il y a beaucoup de jolies filles à la peau déjà bronzée par le temps presque estival. Beaucoup d'alcool aussi. Je bois plus que jamais, je dois rattraper mon absence ! Boire de l'alcool n'a aucun intérêt. En boire trop devient tout de suite plus intéressant. Cette soirée s'annonce bien, j'embrasse une ou deux filles pour rigoler, je suis détendu et tout va bien. Il y a toute la bande et une trentaine de filles. La soirée s'étire tranquillement.

Le son de la chaîne stéréo est sûrement beaucoup trop fort au goût des voisins.

Une sirène retentit. La police a été appelée : c'est la grande évasion. Tout le monde court partout. On passe par-dessus les grilles du jardin, on renverse des tables, des chaises... Je saute par dessus le portail. Le talon de mes boots s'écrase sur les graviers, la sirène retentit plus fort. Tous ensemble, on dévale les rues de Joinville. Rien ne peut nous arrêter. On court sans se retourner. Je grimpe sur une voiture, je veux toucher le ciel. J'espère qu'un jour toutes ses étoiles seront à moi. Pourquoi pas ? L'alarme de la voiture se déclenche. Je sursaute. Au loin, un chien hurle. Au bout d'une dizaine de minutes, le silence est revenu. Mes côtes me font mal. Je suis fatigué, mais la police ne m'aura pas cette fois.

On arrive sur une île au milieu de la Marne. Je suis un funambule sur le bord du quai. À droite, je tombe. À gauche, je tombe. Que faire ?

Tout d'un coup tout dégénère. Ils veulent me pousser dans l'eau. Pourquoi ? Pourquoi moi ? Pourquoi eux ? Ce sont mes amis ! Ils n'ont pas le droit ! Ils ne peuvent pas ! Ce sont mes amis ! Je cours sur le quai qui rétrécit peu à peu, ma jambe droite est dans le vide. Ils me poussent, je me rattrape. Je tombe, je m'étale par terre. Au-dessus de moi, j'entends leurs rires qui résonnent dans ma tête. Au-dessus de moi, la lune est cachée par des nuages noirs. Je suis horrifié, je hurle :

« Pourquoi me faites-vous ça ? Pourquoi ? »

Aucune réponse. Et toujours ces rires, qui augmentent à n'en plus finir, toujours plus forts, toujours plus horribles. L'alcool m'enlève tous mes réflexes, toutes mes possibilités de fuir. Le quai s'arrête. Je suis au bord du gouffre. Au loin, les lumières du pont brillent dans la nuit.

Théodor et Alain s'approchent. Je pleure. Mon corps tremble comme jamais. Je veux les tuer. Théodor me regarde, il sourit. Il me pousse. Mes boots glissent sur l'extrémité du quai, je tombe en arrière en emmenant Alain avec moi. L'eau est glacée. Et lui, il sourit toujours.

À ce moment-là, je les hais.

Le temps s'arrête. Que faire ? Remonter ? Oui. Je ne vais pas mourir maintenant, le spectacle serait beaucoup trop mauvais. Me venger ? Oui. Comment ? Une lumière verte brille au fond de la Marne, très loin. Un jour je pourrai la toucher. Bientôt.

Je dois les battre sur leur terrain. Devenir meilleur, plus connu, plus respecté qu'eux. Ils sont les princes, je serai le roi. Ils veulent être les rois, je serai l'as. Je le jure. Au moment même, dans cette horrible boue verdâtre et glacée qu'est la Marne, je comprends que rien ne sera plus jamais pareil. Isidore est mort. L'autre a pris le dessus. Je comprends qu'il n'y aura plus jamais de règle, de conscience ni même de respect. Ces mots d'adulte sont immondes. Mais ils ne sont plus là. J'ai changé en une seconde. Je suis quelqu'un d'autre. Maintenant, c'est trop tard pour reculer. Qui a parlé de reculer ?

J'aurais bien voulu vivre dans la joie et l'allégresse, mais j'ai pris le chemin du sang, des larmes et de l'ivresse.

On me tire de l'eau.

Je les dévisage tous de haut en bas, je ne sais plus où je suis, je ne me souviens que d'une chose : JE LES HAIS. On me prête une veste, un mouchoir, on vient me parler. Mais je ne les écoute pas. Leurs paroles glissent sur ma peau trempée par l'eau de la Marne. Je pense à la lumière, à ma vengeance. Ils me parlent, s'excusent presque. Moi, je serre les poings.

Je regarde les étoiles, la nuit est assez belle. Très belle, même. Une nuit silencieuse et attirante à la fois. Le pont est toujours éclairé. Comme par défi. Un avion passe dans le ciel, loin.

Je les battrai. C'est tout. Il y n'a pas d'autre *solution*. Le pire, c'est qu'il n'y a même pas de *problème*.

13

Je suis couché sur le canapé de Théodor, replié sur moi-même au maximum, je tremble de froid. Je ne suis qu'un gros con. N'importe qui serait déjà parti. N'importe qui se serait déjà tiré en courant. Pourquoi je reste avec eux ? Pourquoi je n'ai pas des potes de mon âge ? Pourquoi m'a-t-on offert *Mojo* ? Pourquoi j'aime le rock and roll ? Pourquoi ?

Je dois les battre. Je dois me venger. Je dois les surpasser. Ou sinon je dois mourir. À moi de voir.

Mon portable a pris l'eau. Le cadran de ma montre n'est plus qu'un vulgaire aquarium. Mais, le pire dans tout ça, c'est comment l'annoncer à ma mère.

« Mes amis, avec qui je sors tout le temps, que tu ne connais pas, avec qui je bois autant d'alcool que toi en une année, m'ont très gentiment poussé dans la Marne vers 4 heures du matin. » Non. Un peu *too much.* Dommage, ça aurait été drôle.

J'arrive tant bien que mal à lui annoncer que, sans faire exprès, je me suis baigné tout habillé dans la Marne. Ses yeux lancent des éclairs, sa main se colle violemment contre ma joue.

Dans le miroir du salon, je vois mon visage qui sourit.

14

Cette année, le printemps est en avance. La vie continue. La vengeance traîne toujours dans ma tête. Je n'oublierai jamais cette eau glacée, je n'oublierai jamais mon talon qui glisse au bout du quai, je n'oublierai jamais ces rires. Qu'ils se préparent à perdre, si ce n'est déjà le cas...

J'adore le Luxembourg, surtout en mars, je peux m'y promener des heures le matin, quand l'air encore frais vous fouette un peu le visage, doucement.

Tout le monde s'est fait virer de cette fête. Sauf moi. J'embrasse la fille de l'appartement. Elle a une façon de me mordre la lèvre inférieure qui me rend complètement fou. Elle m'entraîne vers son lit. Bien sûr, je ne l'ai jamais fait. Je colle mon corps contre le sien. D'une main tremblante, j'écarte ses jambes. Je la regarde, elle me sourit. Son bras remonte mon dos plein de sueur. Je passe ma main dans ses cheveux, des cheveux d'un blond cristallin, de la paille qu'on pourrait brûler avec la moindre flamme. J'avance mon corps entre ses jambes écartées, mes muscles se tendent : tranquillement, nous faisons l'amour.

Ce n'était pas bien.

Je la regarde se réveiller. Elle ouvre les yeux, je suis debout. Elle me sourit. Je me rhabille rapidement. Elle m'accroche le bras :

« Tu m'aimes vraiment ? Tu m'aimes ? Dis-moi que tu m'aimes ? Tu m'aimes ? Dis-le-moi, que tu m'aimes ! Je le sais de toute façon. Tu m'aimes. Tu m'aimes ! Ça se voit ! Tu m'aimes ! Dis-le-moi ! Tu m'aimes ? »

Qu'est-ce que je lui ai fait ?

« Pourquoi tu ne dis rien ? Pourquoi ? POURQUOI ? POURQUOI ? POURQUOI ? »

Elle hurle maintenant. Je descends les escaliers le plus vite possible. Elle me suit. Je ne m'arrête pas, je ne me retourne pas. Elle hurle dans sa cage d'escalier : « Je t'aime. JE T'AIME. JE T'AIME. JE T'AIME. »

Elle me regarde d'en haut. Elle me crie que je dois rester, que je dois l'aimer. Je sors avenue de l'Observatoire, la lumière me fait trembler. Je vois le Luxembourg au bout de la rue. Elle est à sa fenêtre, je détourne les yeux.

Je pars.

Je sais que je dois me retourner, pour rester, pour l'embrasser. Une larme coule sur ma joue, vite effacée par le vent matinal. Je rentre dans le Luxembourg, il est encore temps de changer d'avis, de retourner sur mes pas.

Au fond, non ! Trop tard. Et puis, je me rappelle cette musique...

« *Elle ne savent pas toujours comment je m'appelle. Et quand elles me demandent laquelle j'aime le plus, je leur réponds que c'est moi. Comme elles ne savent pas mon nom, elles me nomment le vagabond.* »

The wanderer. Il avait raison.

Je me balade dans le parc, je ne ferai pas marche arrière, JAMAIS.

15

Vanité des vanités,
tout est vanité et poursuite du vent.
Ecclésiaste, II, 17.

Une bande ennemie nous envoie de nombreux mails d'insultes. Une haine monte entre nous à une vitesse folle. Sans les connaître, je sais que je pourrais les tuer. Sans les voir, je sais qu'ils sont horribles. Je les hais.

Un rendez-vous est donné un vendredi au Gibus. Et ce soir ils seront tous là, ils ne seront pas cachés par l'écran de leur ordinateur. On est prêts à se battre, presque trop prêts. Je n'ai jamais senti autant de tension dans le Gibus.

Alors qu'on danse tranquillement entre deux concerts, quelqu'un hurle :

« Les mecs ! Je crois qu'ils sont dehors ! »

Je grimpe l'escalier en courant, je bouscule une ou deux filles, pas le temps de se retourner. L'un d'eux, Charles, un blond squelettique, sort du restaurant d'en face. Les voitures roulent dans la rue. Bloqué, personne ne peut l'atteindre. Il traverse. Au loin, la statue de la place de la République me regarde. La République me regarde. Je le pousse contre une voiture arrêtée et je lui colle mon poing entre les yeux, le plus fort possible. Le sang coule, ses lunettes volent. Il commence à fuir vers République. Telle une meute de loups, on court derrière lui, on ne le lâchera pas.

David hurle des insultes, les gens nous dévisagent. Ils ne comprennent rien, nous sortons du décor, ils sont le passé, nous sommes le futur, nous organisons la tempête qui les fera disparaître. Nous sommes la relève. Mesdames et messieurs, nous arrivons !

En courant dans la rue, je comprends que rien ne sera plus pareil. Que j'ai réussi, que je ne suis plus Isidore et bientôt plus Dent Petav'. Que je vais bientôt renaître, plus fort, plus beau... Nous ne réinventons pas l'eau froide, mais nous essayons.

Je retourne au Gibus, j'ai du sang sur les mains. Je suis plus grand. Je pousse des gens qui discutent devant l'entrée, je ne me retourne pas. Je ne me retournerai plus.

On écoute les Stooges en buvant du whisky. Tout d'un coup, les baffles hurlent «Nothing But a Heartaches » des Flirtations. Je me lance sur la piste et je danse.

Je me débrouille bien, très bien même.

Je virevolte sur mes talons, vite rejoint par toute la salle. Je découvre un nouveau plaisir, le plaisir du dance-floor. Rien de mieux au monde. Je sens le regard envieux des autres sur mes jambes. Je n'ai pas peur. Je saisis une fille par la taille, elle tourne sur elle-même. Je l'embrasse.

C'est trop facile. Et comme tout le monde le sait, rien n'est plus dur que la facilité. Je lui attrape la main. Je souris. Ma main est toujours rouge. Rouge sang.

Je me réveille dans un fauteuil, torse nu. J'ai toujours détesté me réveiller après avoir bu avec ce goût âpre qui vous assèche la gorge. Ma peau est sale, j'ai chaud, mais je ne peux pas me lever.

Je ne sais pas où je suis. Un mec de la bande est allongé tout nu sur un tapis, du verre crisse sous mes pieds. Je me rappelle la veille : le sang, les boots sur la piste de danse, le rouge à lèvres de la fille et ma main rouge sang. J'attrape mon Burberry et empoche trente euros, trouvés sur une table, puis je disparais.

Tout ce que je veux, je le prends.

Règle n°4 : je ferai aux autres ce que je ne voudrais pas qu'ils me fassent.

16

Tous les plaisirs de la nuit dernière m'ont juste donné l'envie d'en avoir plus. Comme si j'avais goûté à la pomme interdite, mais que je restais quand même dans le paradis terrestre. De plus, je veux juste diriger ce paradis.

Vous avez bien compris ?

Les Gibus se succèdent, avec leur dance-floor et leurs jeunes filles électriques. Maintenant, je préfère les soirées du samedi soir. Celles qui finissent toujours mal, mais qui ont le meilleur goût. Comme le sucre amer.

Ou le sang qui coule de ton bras.

Je savais que je n'aurais pas dû sortir ce samedi. Pourtant tout avait bien commencé.

Je remonte les manches de ma chemise blanche, très cintrée. Je porte mon blazer rayé sur mon épaule droite, je suis avec Théodor et on va rejoindre les autres. J'ai rarement vu la bande aussi excitée. Peu de gens de Joinville et du 94, surtout des Parisiens de divers quartiers. On descend tranquillement dans le métro Vavin.

Un trentenaire arrive. Je hais les trentenaires. Ils sont déjà vieux, mais ils se croient jeunes. Je hais les trentenaires, leurs baskets, leur jeans, leur barbe de trois jours… Quelle horreur. Un d'entre eux s'approche de quelques filles :

« C'est donc vous, la révolution rock ! »

Ah oui, les trentenaires et leur ironie, c'est ça le pire. Je réponds donc du tac au tac, comme d'habitude.

« Non, on est simplement la révolution bourgeoise. »

Il tourne son regard vers moi, je souris. Je passe délicatement ma main droite devant mes yeux, deux fois.

J'ai réussi : il me déteste. Je le suis dans son wagon. Il m'insulte, je souris encore. La bande est juste à côté, on est au moins cinquante, il ne peut pas gagner. Il tient à la main une bouteille de rhum, pleine. Mes yeux la regardent avec envie. Je dois la lui prendre.

Saint-Sulpice, on doit descendre, je ne partirai pas sans sa bouteille. Quand j'essaie de la lui prendre, il me pousse dehors. Toute la bande arrive en trombe. Juste avant la fermeture totale des portes, je lui colle une droite sur la joue, parfaite. J'adore gagner. Je suis né pour gagner !

Mais bon, si j'avais su ce qui allait suivre, j'aurais moins bu. Ou peut-être beaucoup plus.

On s'est fait virer de la fête. On traîne dans les rues. Je me retrouve à boire du mauvais vin place Vavin. Je hurle dans la nuit silencieuse quelques vers de Lautréamont que j'aurai oubliés demain. J'ai beaucoup trop bu. Ma tête va exploser. Je m'approche d'un groupe de mecs.

« Il y a un problème, bande de connards ? »

Je n'aurais pas dû dire ça. Je suis seul devant vingt mecs. Quelles sont mes chances de gagner ? Je me prends une droite. Je tombe en arrière. Je me relève péniblement. Je suis seul devant eux. Ils sont plus grands, plus forts, je pense à l'eau glacée de la Marne. Je les pousse et je cours sans réfléchir. Je rentre dans le hall de chez Emma. Je m'affale contre le miroir. Mon sang coule sur mon reflet. Je pleure, mon poing explose le miroir, mon poing explose mon reflet. Je veux disparaître.

Il y a du sang sur le marbre blanc de l'entrée.

Je me réveille rue d'Assas, chez Clémence, une amie d'Emma. Je dois rentrer. J'ai le nez cassé.

17

« You know my papa disapproved it,
My mama boohooed it,
But I told them time and time again :
"Don't you know I was made to love her,
Built a world all around her."
Yah! Hey, hey, hey. »

Stevie Wonder hurle dans mon casque. Je suis dans un magasin de disques du boulevard Saint-Michel. Derrière les vitres, je peux presque apercevoir la Seine.

Je n'achète jamais rien dans ce magasin, je vole tout. Je reste planté là, sans bouger ni comprendre : quelle chanson !

« Merde, c'est une tuerie. »

Pour la première et la dernière fois de ma vie, j'ai acheté un disque dans ce magasin. J'espère que vous me le pardonnerez.

Mes semaines sont insupportables. Je m'ennuie de plus en plus en cours.

Je pense que le collège n'a aucun intérêt. Vraiment aucun.

Depuis que je connais la bande, je n'ai jamais appris autant de choses.

J'ai découvert des livres, des films et des chansons que je ne pourrai jamais oublier. Des gens me détestent. Je les comprends. Ce qu'ils ont appris ou fait en des dizaines d'années, je le fais en un éclair. Je suis une explosion de couleurs dans ce monde en noir et blanc.

Je suis l'ERREUR.

18

L'été arrive, les jours de Dent Petav' sont bientôt comptés, je veux toujours plus.

Dent Petav' sera toujours le gamin qui suit les autres en courant, car il est un peu en retard. Il me faut quelque chose de plus fort, de plus puissant. J'ai changé.

L'été arrive, je pars au Glénans, une colo de voile intéressante.

La journée, on vogue sur la mer, et le soir, on fait l'amour sur les plages de galets.

Drôle de concept. Mais instructif.

Se retrouver seul sur un bateau pendant huit heures par jour permet de réfléchir à beaucoup de choses. Je repense à tout ce qui s'est passé dans ma vie ces huit derniers mois. Une question revient toujours : est-ce bien ? Est-ce mauvais ?

Je ne sais pas, je ne pourrai jamais le dire. J'ai changé, mais tout le monde change à l'adolescence, non ? Pourquoi j'aurais changé en bien plus que les autres ? Ou en mal ? Pourquoi toutes ces questions ? Pourquoi ?

J'ai lâché la barre et mon bateau a viré de bord. Je suis du côté des voiles et logiquement... Ah ! Ce que je déteste ce mot !... mon bateau dessale.

Le dessalage est très intéressant.

Il vous balance dans une eau qui avoisine les dix degrés et vous fait oublier toutes les idées auxquelles vous pensez tout seul sur votre petit bateau depuis une heure.

L'été passe vite. La rentrée arrive. Au fond, j'ai toujours détesté les vacances, à part celles passées à Paris. On aime les vacances quand on est en cours. Puis, en vacances, on veut retourner en cours.

Les humains sont bizarres.

19

Claquements de mains... Le piano arrive, suivi des trompettes. Le fond sonore est parsemé de cris. Joe Bataan s'incruste : « Well I took the subway… »

On est vendredi, je sors du collège, ma journée n'a plus aucune importance, car j'entends enfin le piano de « Subway Joe » dans les baffles de ma chambre.

Il me hantait, ce piano, depuis ce matin, comme les yeux d'une fille à la couleur indéfinissable qui vous reviennent quand la nuit tombe. Je n'arrivais pas à m'en débarrasser, pas plus que l'orgue de Hank Jacobs dans « So Far Away » ou la basse et les cloches du « Crocodile porte-clé » de Bernard Gérard.

Et je pourrais en citer encore pendant mille et une nuits. Les chansons. Heureusement qu'elles me sauvent mes journées.

Retour à vendredi, retour dans le futur.

I Don't Know Why I Love You des Jackson 5 comme bande-son, DAX rouge et Brut. Première sortie depuis la rentrée. Il faut être beau. Le Gibus n'existe plus, c'est le Tryptique maintenant. J'y étais déjà allé pour les soirées avec les groupes anglais arty à la mode et extrêmement chiants.

La première fois, ça devait être pour les Paddingtons, on était en plein hiver et ma mère m'avait forcé à prendre ma doudoune. Vous savez, le manteau le moins esthétique au monde. Je tentais de la cacher sous mon trench, mais c'était perdu d'avance.

Alors trichons. Il y a une poubelle un peu avant le Tryptique, je l'ouvre : rien. Je dépose ma doudoune dedans. Ni vu, ni connu. Heureusement que ma mère n'a pas les yeux de Dieu. La soirée se passe tranquillement. J'arrive à rentrer dans les coulisses et à manger toutes les pizzas des Padingtons. Je repars avec leur magnum de champagne collé contre mon ventre.

Adieu.

Je ressors du Triptyque, je reprends tranquillement ma doudoune et je rentre chez moi en taxi. Comme quoi, tout s'arrange.

Le Tryptique est une salle assez grande. On entre par un grand escalier qui nous amène dans un couloir assez large, bordé de canapés en velours rouge. Puis on arrive au bar et dans la salle, qui est plus vers la gauche.

Le moment le plus excitant au Tryptique reste l'arrivée. Mon cœur bat toujours la chamade quand je rentre dans l'antre. On descend tranquillement les escaliers. On est en retard, bien sûr. Et là, c'est le moment.

Le moment où la musique siffle dans nos oreilles, où tous les regards sont sur nous, quand les gens murmurent nos noms. Je ne dois pas me retourner, surtout pas. Jamais. De toute façon, il est déjà trop tard.

Dent Petav' est mort. Il fallait un truc plus... *puissant*. Lorsque, dans *L'aventure, c'est l'aventure*, Aldo Maccione drague les filles sur la plage, je me suis dit : « C'est moi. C'est Aldo maintenant. »

J'ai réussi mon pari. Je ne suis plus le petit mec timide du Gibus.

Je suis Aldo.

20

Donc les Rock'n'roll Fridays sont au Tryptique. Changements très importants :

Il y a un commissariat juste à côté.

Les vigiles sont plus violents qu'au Gibus.

La liberté est finie.

On se battra dehors maintenant. Mais on frappera plus fort.

Le Tryptique a un son pourri et pas de dancefloor.

Les canapés rouges sont très confortables.

NOUVELLES FILLES

NOUVELLES FILLES

NOUVELLES FILLES

Pour ceux qui voudront être les rois, on rappellera qui sont les as.

L'air est pratiquement irrespirable, la bande squatte les toilettes, et les rares privilégiés assis sirotent un verre. Une vodka traîne un peu trop loin de son propriétaire. Elle est pour moi. Dès la première minute dans ce sauna au nombre impressionnant de filles magnifiques au mètre carré, **je sais que je ne viendrai plus jamais pour les concerts.**

Je croise des mecs qui me regardent bizarrement. Je leur jette un œil dégoûté et je vais boire un coup. Ils sont là, tous les trois, je suis seul. Je commence à discuter avec le plus grand. Il m'insulte :

« T'es une pédale !

– Oui, pourquoi ? Je te plais ? »

La bande se rapproche. Je ne suis jamais seul. Nous sommes partout. On voit tout, on entend tout et on sait tout. Nous sommes les murs du Tryptique. Attention à ce que vous faites.

Joinville is watching you.

Les trois mecs commencent à moins rigoler. Ils veulent me régler mon compte dehors. Je pousse le plus grand vers les toilettes en hurlant que c'est maintenant que je veux me battre.

La bande est là.

L'autre me lance son poing dans la figure. J'esquive. Ses potes me sautent dessus. L'un d'eux a le nez en sang. Je souris. Maintenant, je sais que plus personne ne pourra approcher son poing de ma tempe sans payer le prix de son geste.

Maintenant, je sais que je suis immortel.

Le miroir se brise et les vigiles arrivent. On m'empoigne et on m'emmène au poste. Mes chaussures craquent sur le verre brisé. L'autre connard continue à nous insulter, devant les flics en plus.

Je suis très calme. J'ai toujours détesté la police française. Leurs fringues sont immondes. Les flics me relâchent. L'autre reste en garde à vue. On nous refait entrer au Tryptique, et le gérant m'offre un verre.

Quelqu'un y voit de l'injustice ? Moi pas.

Mais, vous savez, moi et la justice...

21

Puis j'ai fait la plus grosse connerie de ma vie. Pendant que j'embrassais une fille sans importance... Je suis tombé amoureux. Pas de la fille que j'embrassais, vous rigolez ou quoi !

Non, d'une fille parfaite.

Elle était accoudée au bar et, pendant que ma langue parcourait la bouche de celle assise en face de moi, moi, j'étais dans la bouche de la fille du bar. Plutôt petite, blonde à frange. Classique pour l'époque. Mais il y avait ses yeux. Quels yeux ! Bleus. Sans ciller, je plongeai à jamais dans le bleu de ses yeux.

Et cet air si supérieur et arrogant. J'ai demandé son nom à un pote : Louise. Cette nuit, quand j'ai fait l'amour à l'autre fille, je savais que c'était mon dernier moment de liberté. Le dernier cri du *dog* en moi. Il n'y aurait plus rien après. L'amour, il manquait plus que ça !

Je savais que je n'abandonnerais jamais avec Louise. Trop tard, j'avais plongé dans le vide en regardant ses yeux. Maintenant, je me noyais. J'étais bloqué, je ne pouvais plus rien faire.

TROP TARD. TROP TARD. TROP TARD.

Bizarrement, ça allait être facile, mais ça allait aussi me briser le cœur. Le prix à payer sûrement, celui de l'échange équivalent. Homme moderne que je suis, je l'ajoutai sur *MySpace*.

Et puis je ne sais plus trop comment. Je n'ai jamais su pourquoi. Elle m'a invité chez une amie. Maison, écran plat et vue sur tout Paris. Qui a parlé d'endroit parfait ?

Elle est là. Magnifique.

Un poison violent, c'est ça l'amour.

J'ai l'air jeune et con, petit même. Je n'ai plus ressenti ça depuis le Gibus. C'est fou. Je la drague, timidement. Je lui prends la main. Je tremble. De tout mon corps.

Je la tiens un peu trop fort. Ou pas assez. J'ai peur. Oui ! J'ai peur.

Je dois partir à minuit. Je partirai à 4 heures. Je lui dis de me raccompagner. Je la colle contre le grillage. Le Sacré-Cœur est au-dessus de son épaule.

Peut-être que j'ai cru en Dieu quand j'ai posé mes lèvres sur les siennes.

Elle me dit que c'est déjà énorme. Que c'est déjà beaucoup. On restera collés, gelés par la nuit, pratiquement trois heures. Sans bouger.

Je lui dis que je l'aime. Que je l'aime depuis que je l'ai vue. Que je l'aime.

Aimer ? C'est quoi ? Elle m'apprendra. J'espère.

J'écoute *I Was Made To Love Her* en boucle, assis sur mon lit, je me lève des fois la nuit et je regarde le ciel étoilé comme si j'attendais quelque chose. Un signe, une météorite. Je ne sais pas. J'ai changé. Je suis de nouveau Isidore. Aldo est parti en vacances, le *dog* qui est en moi a mis sa laisse. Je ne regarde plus les filles, je rêve. Je m'ennuie encore plus qu'avant en cours.

Je ne pense qu'à Louise.

Je veux la voir, la toucher, sentir ses cheveux, goûter ses lèvres, m'imprégner de son parfum. Je ne suis plus qu'une ombre sans âme, ma seule lumière, c'est elle.

Je suis même fidèle.

Louise est parfaite. Intelligente, arrogante, rapide, belle… riche. Elle est plus forte que moi pour se faire haïr par les gens. Elle les regarde d'un air si méprisant, si détestable, si horrible… J'aimerais tellement savoir faire ça.

Les yeux vides, rictus malsain au coin de la bouche, elle tremble un peu. Elle vous regarde et vous ne pouvez pas vous empêcher de la haïr. Je le sais !

C'est pour ça que je l'aime.

Elle est belle, habillée comme une princesse, et vous êtes dans votre bulle, enfermé. C'est une déesse. QU'EST-CE QUE JE DIS ?

Ah oui... je suis amoureux.

L'amour. Le sentiment que chaque homme sur cette terre recherche. Une espèce de clef de voûte parfaite, d'une beauté inimaginable, folle ! C'est donc ça ?

Au Tryptique, je suis dans un cauchemar. Je suis au paradis, mais je suis entouré de vitres. Il y a les plus belles filles du monde autour de moi, mais je ne peux pas les toucher. Quand je m'approche d'elles, ma pupille, tel un aimant, est attirée par Louise.

Les autres filles sont comme ces trésors insaisissables des temps passés et perdus, et moi, je suis l'aventurier aux bras liés. Une déesse me protège, mais je ne peux pas bouger. Elle me détruit de l'intérieur.

Tantale, mon ami, je te comprends.

Après les soirées, je rejoignais Louise dans son appartement près de la gare du Nord et nous passions la nuit à nous embrasser. Nous nous endormions quand le soleil se levait. Comme des vampires. C'était notre révolte, s'endormir quand les autres se réveillent. C'était notre art du vertige. Qu'on maîtrisait bien, d'ailleurs.

Et puis elle a triché et tout s'est arrêté.
Moi, j'étais trop amoureux pour tricher.
Ou trop con...

22

Un mec, un ami à elle, je ne sais plus qui, me croise au Tryptique. Il m'aborde :

« Surveille bien ta meuf... »

Je le dévisage. C'est un minable, un rien du tout. Je l'écrase d'un coup de boots sans problème. Et là, je ne l'écoute même pas.

« Ah ouais… rien à foutre. »

Je ne savais pas ce qu'il me disait. Et si j'avais su ? Si j'avais compris ?

Plus tard, je suis dans le lit de Louise, je veux faire l'amour.

« Isidore, je dois te dire quelque chose. Mais jure-moi que tu ne t'énerves pas… »

Cette phrase. Elle fait tout basculer, elle détruit tout, elle met la pire des choses dans mon cœur :

le doute. Trop raison. Maintenant, c'est moi le moins que rien, le minable, le looser…

« OK.

– J'ai embrassé X… »

Je deviens glacé. J'étais la Chaleur il y a une seconde. Maintenant je suis l'Hiver, le Froid, le Vent, la Glace... je ne suis plus rien. Je n'ose pas la regarder. Mes mains deviennent froides. Je la lâche. Je vois l'alchimie de notre amour qui s'envole peu à peu. Je n'essaye pas de la rattraper.

Je ne sais quoi dire. Je veux la tuer, la broyer. Je veux lui exploser la tête, les reins, le dos. Je veux que ses boyaux brûlants remplissent d'un coup le lit glacé où je me trouve prisonnier. Je veux qu'elle hurle, qu'elle se torde de douleur, qu'elle pleure en regardant son corps fondre. Je veux lui couper les bras, les jambes, la tête. Planter une lame dans son cœur, que son sang salisse les draps blancs, le lit, le sol… que son sang salisse mon corps. Je veux faire éclater sa tête, écraser son cerveau entre mes mains sales. Je veux sentir son âme qui s'envole, sentir son corps qui se dilate, je veux sentir sa mort. Dans la poche de mon jean, la lame de mon cran d'arrêt scintille. Je n'ai qu'à faire cinq pas, cinq ridicules pas, et je la tue d'un coup. Et je me venge.

Là, je la hais.

Elle s'approche, et essaye de m'embrasser. Je me dégage. Je me lève, me rhabille et vais boire un coup à la cuisine. Je suis blanc comme un linge. Je reviens dans le lit, je me colle contre le mur, loin d'elle. Ce lit ! Chaque soir, on mourait de chaud et d'amour, mais là, non. Il est glacé et menaçant. Presque trop grand. Je fais tout pour ne pas regarder Louise, je ne peux la regarder ! Comment a-t-elle pu me faire ça, moi ? Comment ça a pu arriver ? J'étais pourtant parfait avec elle-même dans mes plus grands défauts ! Comment a-t-elle pu embrasser un autre type ? Pourquoi ? Moi qui étais enfin fidèle et qui clamais ses louanges partout dans le Tryptique.

Je regarde le mur. Le tag de la semaine dernière y est encore :

Isidore aime Louise.

Au rouge à lèvres. Rouge sang. Il n'a pas bougé, comme pour remuer le couteau qui transperce peu à peu mon corps. Je voudrais la détruire, mais, là, c'est elle qui m'a tué.

« Tu n'avais qu'à pas tomber amoureux. » Les mots de Théodor résonnent dans ma tête. Hélas, il avait raison. Pendant cette nuit terrible où nous allons à peine échanger trois mots, je prépare ma vengeance. Comme quand je tombais dans l'eau glacée de la Marne. Mais en plus fort cette fois. Pour qu'elles comprennent toutes qui je suis vraiment. Je jure que plus jamais je ne tomberai amoureux.

JELEJUREJELEJUREJELEJUREJELEJURE JELEJUREJELEJUREJELEJUREJELEJUREJE LEJUREJELEJUREJELEJUREJELEJUREJELE JURE !

Le *dog* peut enfin se réveiller. Elles seront toutes à moi. J'en fais le serment.

Aldo de bois, Aldo de fer. Si tu l'entends, viens en enfer.

J'ai gravé cette phrase à l'entrée du Tryptique. Les mecs de la bande y sont les as. Moi je suis le joker. Je gagne tout le temps. Essayons de perdre, alors.

Nous travaillons un nouveau concept de *dog* avec les autres.

WTR. *Work The Room*. Travailler la salle au corps.

Ça marche chaque fois. Pas de bise à une fille, sauf si vous le faites en ayant l'air timide. Elles adorent. Sinon baisemain ou poignée de main délicate. Et là, vous avez déjà gagné.

Au fond, vous pensez que nous sommes horribles avec les filles. Que nous sommes les pires ordures avec les mecs. Que nous sommes des voleurs, menteurs, dragueurs… Pour vous, nous ne sommes que des petits cons minets.

Je n'ai qu'une réponse à ça. Nous sommes bien pires.

Tout ce qu'on dit de mauvais et d'horrible sur nous, est la seule chose vraie.

Cc livrc parlc d'unc histoirc d'Amour. D'his toires d'amour au pluriel.

23

I WAS BORN TO CRY. Intéressant comme période. Je me remets d'une déprime. La fille que j'aime... M'a trompé. Comment faire pour me venger ?

À mort l'Amour. Louise me répète que celui qui pardonne aime vraiment. Je n'y crois pas. Je ne veux plus de proverbe. Plus de cliché. Plus d'histoire sérieuse.

I just wanna be a dog.

La vengeance est un plat qui se mange chaud. Brûlant même. Toute ma conscience s'est envolée en cinq secondes. Quand elle m'a dit qu'elle avait embrassé l'autre connard. C'est fini. Je m'en fous.

Au fond, les seules filles que j'aie vraiment aimées sont celles que je n'ai jamais pu toucher, jamais pu embrasser, jamais pu… rien. Je m'en fous du reste.

Je ne veux plus réfléchir.

Faisons maintenant.

24

Oh Blue Angel...

« Quand la nuit commence à tomber, écoute *Blue Angel* de Roy Orbison, et tu pourras toucher les étoiles. »

La fille qui m'a dit ça est géniale. Oui. C'est sûr. Mais je ne peux pas. Je ne peux pas rester plus que toute la nuit. Au petit matin, elle se lèvera. Autour d'elle, elle ne verra que la plage, vide. Ses cheveux pleins de sable glisseront le long de son corps.

Et moi, je ne serai plus là.

J'aurais sûrement dû lui attraper la main quand elle me la tendait. Mais. Non. Je ne peux pas. Je ne peux plus. Je dois vivre. C'est fini. Fini l'amour. Louise m'a trop tué, elle a planté un couteau qui est resté fiché au milieu de mon dos, je ne peux pas le saisir. Je le dis sans honte. L'Amour... Oublions. Soyons un *dog*, les amis. Je ne peux plus. Tenir une main, sentir que je dois rester, devoir rester, rester... Non. Désolé, *my Blue Angel.*

Et puis, juste avant, il y a les chœurs. « *Sha la la dou bi ouam...* »

« *Oh Blue Angel...*

Don't you cry just because I said goodbye... »

Mais, moi, je ne dis pas au revoir. *Oh Blue Angel...*

Merde, Roy Orbison arrive presque à me faire pleurer. Presque.

C'est l'été. Je cours sur la plage.

C'est l'été. Je cours dans la rue.

La sueur colle à mon front... Mon blazer est peut-être trop étriqué. Mon blazer est trop étriqué. Trop étriqué... Puis Paris Paris. Electro trop minimaliste pour ces baffles trop grandes. À la maison, ma mère remet au goût du jour la question de la virilité. Le rockeur pue, sue, mange, boit, baise... tout ça dans la même chemise. Moi je pue, sue, mange, bois, baise dans la même chemise. Mais la mienne est trop serrée pour être celle d'un rockeur.

« *Je ne te demandais pas d'être un surhomme ni d'attraper des courbatures.*

Je cherchais simplement un homme. J'ai déniché une miniature.

Tu ne fais pas le poids, mon bonhomme, fais-moi plaisir, GO HOME.

Je ne voulais pas un fort des halles, un Cassius Clay, un judoka.

Mais toi, vraiment, c'est un scandale ! Non ! Je ne méritais pas ça !

Un petit minet aux longs cils avec un petit air canaille...

Caressant certes, mais viril comme un employé du sérail. »

Désolé, maman. C'est trop tard. Il fallait m'empêcher d'aller au Gibus. Me bloquer bien avant. Mais là... Je suis arrivé au point de non-retour depuis trop longtemps. C'est mort. Dans ma main, j'ai enflammé une allumette qui se consume trop rapidement.

Oh non... je n'arrive pas à oublier Louise. Un petit tour au Baron s'impose.

Retour à la bonne vieille méthode joinvilloise : TRICHONS ET PERDONS.

Et, au fond, c'est peut-être pour cette nuit que j'ai écrit ce livre. Pour tous ceux qui sont timides comme... Enfin, comme Isidore.

Une mannequin danse au milieu de la piste.

Love Makes Sweet Music de Soft Machine passe dans les baffles.

Je ne sais pas comment l'aborder. Non ! JE NE SAIS PAS.

HELPHELPHELPHELPHELPHELPHELPHELPHELP

Théodor est à côté de moi.

Je ne suis pas encore un *dog*. Je suis encore *sous Louise*. Comme sous l'emprise d'une drogue. Comme dans un trip qui dure un peu trop longtemps. On veut changer. Trouver un truc meilleur. Plus cher.

Je danse. La lumière tourne.

« Théodor... Je lui dis quoi ? Je flippe, mec, aide moi !

– Bah, je sais pas… dis-lui… Viens Là Que Je Te Tue Ma Belle »

VIENS LÀ QUE JE TE TUE MA BELLE

Lumières…

Lumière…

Lumièr…

Lumiè…

Lumi…

Lum…

Lu…

L…

À la fin du mot, quand il n'y a plus de lettre, quand il n'y a plus de LUMIÈRE, je lui dis.

Je m'approche. Main dans le cou. Main sale. Chuchotements.

« Viens là que je te tue ma belle... »

Elle s'arrête. Me regarde. Sourit. Ma bouche s'approche de la sienne.

La bouche sèche. Puante. Cachée par une odeur de Freedent minables achetés dans l'épicerie du coin avant de venir, pour cacher l'alcool et le manque de dentifrice. L'odeur du *dog*.

Je l'embrasse.

Et c'est cette phrase...

VIENS LÀ QUE JE TE TUE MA BELLE.

Tout saute. Louise et *Blue Angel*. C'est peut-être les mêmes... qui sait.... Mais là tout saute. Plus aucune conscience.

Aldo est enfin là. Pour la première fois. C'est fini.

J'ai envie de crier, d'exploser le plafond, puis le ciel. On arrive chez elle. Elle ne veut pas faire l'amour. Ses règles... Faisons la guerre alors.

Je me tire au petit matin avec son sac Dior. Il est vide.

Je sors. Les grandes rues du 6e me contemplent. L'erreur.

Le *dog* n'aime pas la lumière à son réveil. Je balance le sac et je vais vite retrouver mon appartement. Paris se réveille. Je m'endors.

Courir le jour, dormir la nuit... Oui oui oui oui ! Ça, c'est ma vie.

25

Dimanche soir. Vodka dans le sang. Louise est déjà loin. On danse, danse, danse, danse... Et je me souviens de ça : ....
....
....
....
....
....
....
....
....
....
....
....
....

....
....
....
....
....
....
....
....

Je me réveille dans un lit assez grand, aux draps très agréables. Je suis bien, tout va bien, tout va toujours bien. Un rayon de soleil, filtré par un rideau en satin rouge, me réchauffe tranquillement le bas du dos. Je regarde la fille nue à côté de moi. La robe rouge qu'elle portait la veille est posée entre le lit et mes boots Dior vernies.

J'ai un immonde goût d'alcool qui me râpe la bouche. C'est le seul bémol. Il est 10 heures et nous sommes... lundi.

Non ! Non ! Non ! Non ! Pourquoi !

Je devrais sortir du cours de maths de la salle 216 du collège-lycée Hélène-Boucher. Merde. Je me lève, je titube, je me recouche. Je hais l'alcool.

La fille se réveille et se glisse sous la couette. Vite ! Dépêchons-nous d'oublier les maths. Je prendrai son sac Chanel en partant. Il n'est même pas beau. Ça a bon goût de rater les cours. Tout va trop vite dans ma tête. On refait l'amour.

Tout va toujours trop vite.

26

Et puis Charles m'écrit. Charles ?

Oui, Charles, celui de la bande ennemie du Gibus. Le minable qu'on avait poursuivi. Lunettes qui volent et joue rouge. Eh bien, il m'écrit. Quel plaisir de parler à ses ennemis ! Venez vous battre contre Aldo, il vous aimera encore plus.

Au début, on est un peu distants, on parle musique, littérature. Il a une culture de fou, je ne pourrai jamais le nier. Mais c'est un perdant, un looser. Il continue à se moquer de moi par des petites phrases par-ci par-là… Je ne dis rien. Je baisse les yeux, même.

Et puis, enfin, on va prendre une bière ensemble. C'est tranquille et il a l'air de bien m'aimer. Je ne réponds à aucune de ses provocation, j'acquiesce même.

En temps normal, je lui aurais sauté dessus.

Mais en temps normal... Normal ? Quel mot horrible !

Un mot sérieux, qui claque sur une joue :

« Tu n'es pas normal !

– Tu ne t'habilles pas normalement !

– Tu dois être normal !

– Sois normal !

– Regarde les autres, ils sont normaux, ils ne mettent pas ces immondes jeans serrés ! »

Oui, mais normal pour qui ? Pour vous ! Je hais la normalité. Je hais les gens *lambda* ! Je vous hais ! Vous vivez dans un manège, toujours la même route, toujours le même chemin. Moi, je casse le manège, je vole la caisse et je me tire.

C'est ça, Aldo.

Donc je suis au Rouquet, un bar de Saint-Germain. Je fais les yeux doux à Charles, qui me permet d'aller chez lui. Pourquoi ce charme ? Parce que son appartement est rempli de fringues de malades. Toujours une chose en tête : filles et fringues. C'est tout.

Donc j'arrive chez lui, et imaginez la scène. Lui, tous ses potes et moi devant son écran minable, regardant *Qui êtes-vous Poly Magoo ?*. Moi, je ne dis rien. Je rigole, j'ai offert cinq bouteilles. Ils m'insultent. Je ne dis rien. Mais je suis sobre.

Je vois tout. Je suis partout.

Hop une chemise !

Hop des lunettes !

Ils n'ont rien vu et ils continuent à m'insulter. Ça me fait encore rire. Eux, tellement heureux de m'insulter, et moi, avec leurs fringues dans la doublure de ma redingote.

Qui a gagné le plus dans cette soirée ? À vous de voir, je suis nul en calcul.

Et comment s'enfuir quand on vient de faire ce que j'ai fait ?

C'est simple, une phrase-clef magnifique, parfaite : « Pouvez-vous me raccompagner au métro ? » Une phrase imbattable. Je les regarde droit dans les yeux. Ils me voient. Pour eux, je suis l'homme le plus transparent du monde, qui sourit quand on l'insulte, une victime, un looser.

S'ils avaient su. Ces idiots !

Ils me regardent avec humour, comme dans un zoo. Mais c'est eux qui sont derrière la cage. Moi je suis le roi, celui qui distribue la nourriture. Les humains sont bêtes. Soyez des dieux, les amis !

Au revoir messieurs... Si vous saviez !

N'insultez pas Aldo, il vous volera. Au fond non !

Vous lui appartenez déjà.

27

Au fond, je ne vous ai jamais parlé d'un concert des Anna's. Ça a toujours été quelque chose. Le décrire est impossible. C'est une espèce de messe violente et instantanée, un coup de couteau dans le dos qui remonte peu à peu votre colonne vertébrale et qui vous fait danser, bouger, danser, bouger, danser, bouger, danser, bouger, danser, bouger...

Jusqu'à l'accord final.

Je n'ai jamais été dans la fosse. Non.

J'ai toujours été au-dessus.

Plus rien n'est pareil après. Comme à ce tout premier concert au Gibus. La grande claque. Ou quand je m'étais présenté au Nouveau Casino, maquillé à outrance, des filles s'étaient approchées :

« Je crois que c'est David Bowie. »
Non. C'est bien mieux.
Sieg Heil les amis.

28

Le Gibus était notre maison. Dès le premier instant où j'ai descendu son escalier, j'étais quelqu'un de la famille. Le Gibus, c'était autre chose. J'étais un roi là-bas. Personne ne pouvait me battre. J'avais déjà gagné. En trichant.

Le Gibus, c'était moi, c'était nous. C'est tout. Il y avait le meilleur dance-floor du monde : la meilleure drogue. Et j'en avais à volonté.

J'étais chez moi, au Gibus. Je le connaissais comme la coupe de ma veste. C'était ma famille, mon endroit. Peu de gens le connaissaient. Je gardais mon secret jalousement.

« Où tu sors, toi, le vendredi ?

– ... »

Si tu savais ! Mais tu ne le sauras pas. Au Gibus,

on sortait quand on voulait, l'alcool n'était pas cher et on rentrait gratuitement. Je touchais les murs que Iggy ou les Pretty Things avaient touchés avant moi. Mais je m'en foutais.

C'est du passé, tout ça. Allez au Gibus. Vous toucherez les murs qu'Aldo a touchés avant vous.

C'est ça, le futur.

Et puis il y avait les *Stumbas.* Les bastons, quoi. À chaque sortie. C'est pour ça qu'il y a surtout des filles dans les soirées. Les mecs ont trop peur de se faire défoncer. Ils ont raison.

Maintenant, au Tryptique, on se fait virer, on ne peut pas sortir et impossible de faire entrer de l'alcool dans la salle. Au fond, je m'en fous. Mais ce n'est plus chez moi.

Je me souviens d'une soirée au Gibus où j'avais embrouillé une vingtaine de trentenaires complètement cons. Seul.

Aurel arrive. Aurel est le genre de mec qui mesure deux mètres avec une touffe de cheveux énorme et des bras de la taille de mes deux jambes réunies. Et encore...

Le genre de mec qui vous rassure s'il se bat à vos côtés.

Le genre de mec qui vous fait peur s'il se bat contre vous.

Le trentenaire me pousse. Aurel se met devant et lui décoche une droite dans la mâchoire. Le mec s'éclate au sol. Il tremble. Son regard change, je le vois, la peur passe dans ses yeux. Il n'est plus rien maintenant. C'est du vent, comme ce monde.

Il se souviendra de nous, je vous le jure.

À ce moment-là, il y a plusieurs options.

On les suit. Toute la bande est là. On hurle, on court.

Je suis invincible au milieu de ma meute. C'est dans ces moments où je suis plus grand que le monde entier. Plus grand que Jupiter. Plus grand que le système solaire. Plus grand que la Voie lactée. Plus grand que notre galaxie. Plus grand que l'univers. Beaucoup plus grand que vous.

Je vous regarde de haut. Attention, ne m'énervez pas. Le combat ne sera jamais loyal avec moi. Vous avez déjà perdu.

Ils se sont réfugiés dans un hall d'immeuble. La meute arrive. Je suis devant. Ils ferment la porte. J'enfonce mon pied. Je touche quelqu'un. Je l'ai déjà oublié.

Ce n'était qu'un humain, une feuille de papier, une ombre. Moi, je suis l'éclair qui le brûle. Il ne m'oubliera pas, lui. J'ai touché son tibia. Il a mal, il baisse la tête. Je lui envoie mon genou sur le front. Mon pantalon est plein de sang.

Je dirai à ma mère que j'ai saigné du nez.

Ils ferment la porte.

Une fenêtre s'ouvre. Une femme nous crie de dégager. Saluts nazis et hurlements. Bonne nuit madame.

C'était ça le Gibus. C'était chez moi.

29

Mon premier frisson ? Putain.

La voix de « You're Gonna Miss Me » des 13th Floor Elevators. C'était fou. Journée d'été. Et tout a commencé là. Cruche électrique et voix de malade.

Pour finir 2 mn 29 plus tard, dans cette même journée d'été.

Mais j'avais vu la lumière. La toucher est encore plus facile. Tout est à toi. Il suffit d'y mettre un peu les moyens. Et puis il y a eu les *arrivées.*

La descente dans le Tryptique ou dans le Gibus.

Tête dans le futur/

Jambes bloquées dans le passé/

Enchaînement de polaroids/

Cliché/Cliché/Cliché/Cliché/Cliché/Cliché/

Cliché/Cliché/Cliché/Cliché/Cliché/Cliché/Cliché/Cliché/Cliché/Cliché/Cliché/Cliché/Cliché/Cliché/

Cliché/Cliché/Cliché/Cliché/Cliché/Cliché/Cliché/Cliché/Cliché/Cliché/

Cliché/Cliché/Cliché/Cliché/Cliché/Cliché/Cliché/Cliché/Cliché/Cliché/

Stop/

C'était ça, mes frissons.

Col de satin. On court sur un pont parisien. La Seine est au-dessous de nous.

Lumières.

Flash.

Et Toujours ces Clichés.

Ce n'est même pas le froid de cette soirée d'hiver. Non. Les rayons de lune. Une fille court à côté de moi. Je n'aurais peut-être pas dû boire. J'aurais sûrement dû plus boire.

L'ERREUR.

Encore et toujours. Le décor ne va pas avec moi. On m'a planté dedans. Un décor en deux dimensions et rien derrière. C'est tout. Bandes dessinées ou vieux western. Vous savez, seulement les façades. Et rien derrière.

Qu'attendre du Monde ?

Puisqu'il n'y a rien derrière.

Le Monde est un enchaînement de Façades.

Qui s'enlacent.

Moi, je les explose. Et j'embrasse le Monde.

Puis il y a eu les chansons.

Celles qui font /CRASH/

Celles qui te parlent.

Celles qui parlent du Monde et qui explosent les Facades.

Celles qui t'entrent dans la peau.

Et qui t'explosent.

Jusqu'au dernier accord. Qui au fond ne finit pas.

Le vinyle saute. Ta chemise se déchire. *No Fun*. Dans cette nuit sombre. VODKA. La bande s'ennuie. La fille qui a organisé la fête n'est pas contente. On descend dans la cave. Les plombs sautent. Les nôtres ou ceux du compteur ? Ou les deux. C'est nous les compteurs. Et on explose souvent. Donc ATTENTIONNNNNNNNNNNNNNNN.

Plus de lumière. Moi, je vois dans le noir. Une étagère est renversée. Les bouteilles volent. Une vitre explose. Les pots de fleurs tombent. Bouteille de champagne dans l'écran plat. Je vole cent euros.

Encore le même frisson.

Nouvel An.

Arrivée chez David. Vin rouge et gin dans la poche. Tous les *lars* sont dehors. Les *lars* sont les embrouilles. Arrivée chez une fille de l'Alsacienne. Plus de gin. Champagne. Vomi dans la douche. Je prends un taxi.

À 22 h 30 je suis dans mon lit. Tout habillé. Frisson encore.

Bonne année.

Mauvaises résolutions. Faire bien le mal. Comme d'habitude.

Le disque tourne encore.

« Allo ?

– Aldo, t'es chaud pour ce soir ?

– Appelle-moi Magma. »

Call me animal, man.

Toujours les mêmes façades. Perdu dans le labyrinthe du métro. Je retrouve la bande au Tryptique. Vodka dans le sang. Mon sang, c'est de la vodka.

« You'll try to be the king, but the ace is back. »

Le Tryptique est plein. Les *dogs* sont de sortie. Le jeu est à nous. Alors jouons maintenant.

Mettez un peu plus d'Aldo dans votre vie !

Dehors, la lumière de la pleine lune accentue les cernes de mon visage. Je la hais.

Il y a une fête chez X, boulevard Y, le code c'est ZZZZ.

Ne venez pas à beaucoup, s'il vous plaît. Cent, ça suffira.

La suite est une autre histoire. Non.

Je l'ai tout simplement oubliée.

30

C'est tout. Utilisons les jokers, tuons les as, les rois sont à nos pieds et les règles sont à nous. Khôl noir sous les yeux et fond de teint blanc. Deux ronds de blush rouge sur les joues. Veste cintrée à paillettes.

J'ai une envie de perdre, ce soir. Une envie d'exploser la logique. Normal ?

Ouais, normal. J'embrasse une fille que je ne connais pas. Une bouteille sur la table basse. Un as de pique tombe de ma manche.

J'emmerde le monde des adultes.

Ce monde de règles logiques et normales.

Ici, les droites parallèles s'enlacent..................
À n'en plus finir.

Mes vrais cours se passent dans une rue parisienne. Défoncé.

Papa disaprooved it and my mama boohooed it.

Pas dans une école.

Il fallait être le meilleur. Plus belle veste, plus belle coupe, plus belles pompes…

Et ton âme, personne ne l'a.

Le foulard, c'est pareil. Volé à une fille. De toute façon, il te va mieux à toi. Le foulard est comme ton âme. Ou c'est peut-être le contraire. La coupe est parfaite. Pas adulte, bien sûr. Ou trop large. Ou trop slim.

C'est la course. Les meilleures adresses :

36, quai des Orfèvres ?

Vous êtes fous ! Vous croyez que je vais vous dire où se cachent nos cavernes d'Ali Baba. Rêvez, mes amis. J'ai mis trop de temps pour les trouver. Ou plutôt... ce sont elles qui m'ont trouvé. Vive l'odeur rose poussière des fripes parisiennes !

Puis courir. Encore courir. À la recherche de rien. On s'en foutait. Passer derrière le miroir. Et ne jamais revenir.

Je m'ennuie
À devoir attendre la
Mort.
Attention, avec Aldo,
Il n'y aura aucun
Survivant.

Au fond, je n'ai pas peur de la mort. Je n'y crois même pas. J'ai encore trop de choses, à faire. Trop de filles à embrasser. Trop d'argent à voler. Trop d'appartements à détruire. Puis je tomberai encore amoureux. Elle ne m'aimera pas. C'est sûr. Et je serai triste. *Le prix à payer.* Encore et toujours celui-là. Quel con.

L'échange équivalent. Tout le monde y croit : un effort est toujours récompensé.

Non. C'est pour les autres, ça.

Moi, c'est mes récompenses qui sont récompensées. Par une autre. Moi, je ne fais pas d'effort, je n'en ai jamais fait. J'ai juste payé le prix. Triché, quoi. De toute façon, tout est à toi. Il faut juste y mettre le prix.

Les efforts... c'est pour ceux qui se voilent la face. Ceux qui croient en Dieu. Utiliser les jokers au lieu de prier. C'est comme ça que ça marche. C'est comme ça que je fais. Toujours.

I WAS BORN TO WIN.

C'est pour ça que j'ai perdu.

31

« Demain, Amsterdam. Tu viens ? »

J'y étais déjà. Mais comment convaincre ma mère. Car dire : « Maman, je vais à Amsterdam », revenait à lui annoncer que j'allais m'exploser la tête pendant trois jours. Alors j'ai menti. Il va falloir se battre, il va falloir gagner.

Je lui ai dit que j'allais à Berlin interviewer les White Stripes. Oui, je sais. C'est fou. Et, le pire, c'est que ça a marché.

Et puis il y a eu le départ. La route comme ligne de mire. Arrêt dans une station-service. Entourés de fantômes en bermuda et tongs, les autres. On vole ce qu'on peut voler. TOUT.

J'ai peur de ce soir. Je vous l'avoue. Je suis mort de peur. Les champignons.

Ça paraît tellement banal. Que ça fait encore plus frémir.

Je suis enfoncé dans un canapé. Autour de moi, il n'y a plus de logique, plus de matière, plus de réalité. Sur le mur, des ronds de couleur s'enlacent avec amour. Un rond noir ne bouge pas, mon bras s'approche, je ne le contrôle plus, il traverse le mur. Ma peau se disloque, je suis un fantôme, on ne peut pas m'attraper, je suis INTOUCHABLE. La réalité, les règles, la logique, tout ca disparaît en un éclair.

À travers la fenêtre, les néons rouges du Red light District ne peuvent s'arrêter de clignoter. Derrière les rideaux de velours rouge, des gens font l'amour. Un amour industriel, un amour de tricheur, un amour payant. Ça me dégoûte. Je baisse les yeux. Derrière leur vitre, leur muraille, elles m'appellent. Moi, je ne les vois pas, je ne veux pas les voir, je suis dans un autre monde. Le sol est modulable, l'air irrespirable, des gens m'entourent, me bousculent. Pendant ce temps, moi, je vole.

« *This is the way.* » Quelle phrase ! Je marche sur les ponts qui surplombent les canaux où l'eau, presque immobile, est parsemée de sillons que le vent de la nuit crée et détruit.

Toutes les questions que je me suis posées dans ma vie sont en colonnes. Avec leur réponse à côté. La réponse des champignons, une fausse réponse, une image. Pendant cette nuit terrible, qu'on pourrait qualifier de magique, j'ai cru un instant que je ne me poserais plus jamais de questions. Pendant cette nuit terrible, on m'a tout simplement menti.

Par-dessus mon épaule, je vois les gardiens du musée Van Gogh qui nous observent. Nous sommes *on the black list.* On ne nous a pas laissé notre chance, de toute façon, on ne l'aurait pas prise. Mais ça n'a pas d'importance. Rien n'a d'importance.

Quelqu'un s'exclame : « Mais pourquoi il y a ces tableaux ?

– Bah… parce qu'on est dans un musée. »

C'est tellement simple. Arrêtons de parler, maintenant, faisons !

Il n'y a plus de règles, *this is the way*, c'est tout.

« Ahhhhhh oooooo
This is the way
I always dreamed it would be
The way that it is, oh oh
When you are holding me
I never had a love of my own
Maybe that's why when we're all alone
I can hear music
I can hear music
The sound of the city baby seems to disappear
I can hear music
Sweet sweet music
Whenever you touch me baby
Whenever you're near. »

Les Beach Boys hurlent dans les baffles de notre chambre d'hôtel. Autour des valises ouvertes et des lits défaits, je me rends compte qu'ils avaient raison. Ou que nous avions tort. Enfin, pour l'instant.

Je ne verrai plus Paris comme avant. L'alcool a un goût amer maintenant. Comme un produit qui a un effet... moins bon qu'avant. Un produit du passé. Et puis les gens autour de moi ne savent pas. Ils ne savent rien. Nous sommes des couches de papiers reliées par les fluides comme la musique, les couleurs... l'Amour.

Toute cette mascarade qu'est la Réalité, je m'en fous. Je connais le derrière du miroir. Je peux monter sur une table et crier :

« L'infini... C'est par là... »

Mais personne ne me suivra. Enfin, pour l'instant.

Restez dans votre ennui quotidien.

Pendant ce temps, je vole.

32

Retour en arrière. Amsterdam. 9 heures du matin. Réveil difficile. Le *space cake* fera office de petit-déjeuner. Ventre noué, tête en mille morceaux.

Problème : la veille, on avait eu toutes les réponses aux questions. Les Réponses aux Questions. Puis tout s'est envolé en poussière. Rose poussière.

Plus de réponse. Au fond, j'ai perdu. Elle avait raison.

« Pourquoi y a-t-il des tableaux ?

– Parce qu'on est dans un musée. »

Point.

Rappelez-vous : **maintenant faisons et arrêtons de parler.**

C'est ça, la nouvelle règle. La seule.

Ce monde est juste une putain de blague. Rien d'autre. Alors rions !

Les gens qui ne sont pas parisiens ne peuvent pas vraiment comprendre. Cette espèce de snobisme, de *hype* que tout le monde a. Moi aussi ! Bien sûr ! Je suis même celui qui...

Paris est une blague. Que faire alors ? Battre tout le monde. Et s'amuser.

Car, au fond, comme le Tryptique ou le Paris-Paris, l'école est sûrement aussi une blague. Plus triste.

Et c'est là qu'Amsterdam m'a sauvé la vie. Ne plus rien prendre au sérieux.

Manger, boire, courir, voler, faire l'amour, tuer et dormir. Claquement de boots sur l'asphalte. Impression de fondre. De foudre ?

Sur l'échiquier multicolore, entre les pions et les cavaliers, ils danseront jusqu'au bout de la nuit : MODERNE.

J'ai l'impression de courir chaque soir dans la nuit. Perdu dans les courants d'air de la ville glacée. Sous cellophane. Bloquée. Le fil d'Ariane est cassé. Je le recollerai. Je courais comme si le vieux monde était derrière moi. Et que je voulais m'en éloigner le plus possible. Et crier aussi. Perdu dans les courants d'air de la ville glacée.

Mon unique crime, c'est de détruire les espaces vides...

L'infini, c'est par là !

Chemise à plastron doré, scintillant, dans la nuit. Une cloche au loin. Les gens se réveillent. Et je cours toujours. Pourquoi ? Bah.

Pourquoi se poser la question, puisqu'il n'y a pas de réponse ?

Mon unique crime, c'est de détruire les espaces vides...

Puis mourir.

33

Perdu dans Paris. *La ville aux yeux fardés.* Louise me dit qu'elle m'aime. Encore.

Mais non. Trop tard. *Too late.* Elle avait cru pouvoir saisir son rêve. Mais elle ne savait pas qu'il était derrière elle.

« Tu sais, Isidore, Théodor a une mauvaise influence sur toi… »

Ah oui, tu penses donc être bien pour moi.

Je souris, tu es pitoyable.

« Bah, j'espère bien ! »

Elle s'en va en pleurant. Je traverse les murmures, la poussière et les étoiles. Et je rentre dans le Tryptique. Au fond, je ne faisais que jouer avec Louise.

Quelles sont vos chances de gagner ?

Quelles sont vos chances de perdre ?

Mais elle a pris son jeu au sérieux, elle. Moi, je joue pour perdre. Et pour tricher.

Elle ne peut pas comprendre ça.

L'Amour, quelle bêtise !

« Vous l'aimez ?

– Non.

– Mais pourquoi faites-vous ça ?

– Pourquoi pas ?

– ...

– Vous savez, je suis simplement amoureux de l'Amour.

– Tricheur ! »

J'ai aimé Louise. Oui. Je ne vais pas mentir. Je l'ai aimée. Je lui ai tout donné. TOUT. *J'étais le seul à savoir quand elle avait froid.* Mais ce n'était qu'un mensonge. À moi-même. *Maintenant je parle d'elle à l'imparfait.*

Louise n'existe plus. C'est devenu une ombre qui traîne à Vavin ou à Étienne Marcel. À mort l'Amour. À mort Louise. Ah non, pardon, tu es déjà morte.

Et dans ce monde où tous les hommes se croient debout.

Je suis le seul à me vanter de me traîner à tes genoux.

C'est fini. Arrêtons les bêtises.

Je la déteste pour mieux m'aimer.

34

Quand on m'accuse de quelque chose que je n'ai pas fait.

Je sens le besoin de devenir ce qu'on m'accuse d'être.

Dans mon cœur, il n'y a pas de place pour le sentiment d'innocence.

Le mépris qu'on me portait se transforme en haine : j'ai réussi.

Mon couteau sous votre gorge vous fait mal, hein ?

Alors, criez ! Qu'est-ce que vous attendez ? Pourquoi pleurez-vous ? C'est une perte de temps, voyons ! Je vous ai dit qu'il fallait crier. Vous ne comprenez donc rien. Vous ne comprenez jamais rien !

Qu'est-ce qu'il y a encore ? Pourquoi souriez-vous ?

Ah oui, vous êtes morte.

Que tu es belle, les yeux fermés.

Que tu es belle, la bouche en sang.

Que tu es belle, allongée par terre.

Que tu es belle quand ton corps se transforme en poussière.

Que tu es belle quand tu meurs.

Que tu es belle.

ECHEC ET MAT.

Allez, salut.

35

Yeah, yeah, yeah...
I'd like to tell you something all about,
the Good and the Bad.

Le sol boueux éclabousse le bas de mon pantalon blanc.

PACROCK festival, Belgique. Les Anna's jouent ce soir. On est là. Les erreurs. Encore. On nous dévisage. On chuchote sur notre passage. Clod est torse nu, le visage ruisselant de sueur. Un milliard de gouttes de sueur, un milliard de larmes.

Théodor a grimpé sur l'ampli. Le Farfisa rugit à plein volume mais j'ai la tête ailleurs. Ce soir, on retourne à Amsterdam.

Ces quelques mots suffisent pour vous défoncer, pour vous exploser la cervelle.

Devant, il n'y a que la route. Rien d'autre. La lumière jaune de l'autoroute perdue, *the lost highway,* nous éclaire le visage.

Le compteur s'accroche.

150. 160. 170. 180. 190. Explosion. 200 ? Non.

2 heures du matin. Miracle. On trouve le seul *smart shop* ouvert de la ville. Je ne sais pas comment, je ne pourrais pas le dire. Chance ? Je ne crois pas. Destin ? Peut-être. Magie ? Sûrement.

La place est rouge, immense, les pavés scintillent sous la lumière des lampadaires d'Amsterdam. Mes yeux scintillent avec la même force, la même puissance. Je suis un prince du Maroc, un prince oriental perdu dans le surréalisme d'un antique papyrus. Ma cape de vison me couvre les épaules, je danse, nous dansons. Autour d'un feu imaginaire, le feu de la réalité, le feu des autres, le feu des Isidore.

Autour de moi, les maisons dansent. Au son de cette musique qui n'existe pas, la même que la dernière fois. Une musique invisible, remplie de mélodies et de notes inconnues, jouée par les instruments immortels : la Mort, l'Amour et Moi. Perdus dans Amsterdam, à jouer cette musique, à jouer à détruire l'Infini, détruire les espaces vides.

Oui, messieurs dames ! Moi, je joue.

Mes jambes me forcent à courir vers un autre monde, à travers le conducteur spatio-temporel qui explose ma tête et mes pensées. Je cours dans un boulevard plein de lumières, je cours dans le Futur.

Mes atomes se disloquent, se séparent, se consument dans la lumière. Je ne suis plus que violence en mouvement, je suis une particule chargée, il m'est impossible de m'arrêter. Peu à peu, je deviens poussière. Et je cours toujours. Toujours trop vite. Et ce bruit de talons qui me poursuit partout. Ce clac qui n'en finit pas. Une traînée blanche de fluides électriques me suit partout. Impossible de s'en débarrasser. De moi ? Ou d'eux ?

J'arrive sur le port. Un panthéon rouge sang me regarde, les maisons dansent toujours, et cette mer ! Une mer de métal en fusion, une mer de concentrés de haines, une mer lisse comme la peau de la fille la plus parfaite, une mer violente comme la claque de cette fille qui vous déforme lentement la joue.

Bang bang, I'm dead.

Goût de sang dans la bouche. Encore ce sang, rouge. Il coule. Je dirige le vent, je détruis les nuages, je touche la lune. Je construis tranquillement ma destruction.

Les couleurs se disloquent. Mes os craquent. Je vole les murmures de la ville endormie. Poussière d'étoiles sur les lèvres. Mes atomes se détruisent.

Ils EXPLOSENT. Je ne suis plus rien. Je ne suis plus que du vide. Je suis tout.

Je vole maintenant. Le sol n'est plus. Je détruis la gravité.

Je vous détruis.

Le Jour se lève. La réalité aussi. 6 heures s'affichent sur une horloge, sur une réalité pathétique. Qui retarde, en plus.

Mes atomes reviennent. Mais j'ai gagné quelque chose.

Ils sont chargés maintenant. *Électrique.* J'ai perdu mes électrons.

Adieu. Je vous oublierai.

Particule chargée. Impossible de s'arrêter.

Fais de ta chute une ascension.

36

Le soleil se lève. Toujours ce même goût insupportable dans la bouche. Un champignon traîne sur le sol. Amsterdam. Il n'y a pas eu de sommeil. Donc il n'y aura pas de réveil. C'est plus... un retour vers une destination qui nous... horrifie. R É A L I T É.

Mais qu'est-ce que c'est ? Les nuages défilent au dessus de ma tête. On roule maintenant. Un profond silence remplit la voiture. Les éclairs multicolores qui striaient le ciel, la veille, ne sont plus que de lointains souvenirs.

Lost innocence.

Mais y en a-t-il vraiment eu ?

Joinville-le-Pont.

Le roi est mort, vive le roi. Les blancs ont perdu. L'échiquier est tombé par terre. Les pièces roulent sur le parquet. La partie est finie maintenant. Plus de pitié.

Amsterdam révèle toujours des choses. Je dois écrire ma réalité. La vérité n'existe pas. L'échec non plus.

VIVE LA VICTOIRE.

Plus tard, au Tryptique.

Girls just wanna have fun.

Yeux de chat, corps très fins, on sent qu'un souffle pourrait la détruire. Alors que lui ferait plus qu'un souffle ? Anouk. Je te tue. Je l'embrasse. Je ne sais pas comment. Magie sûrement. Ou pire, chance.

« Alors, on se voit lundi ?

– Oui.

– Je mets *ma mort* dans l'agenda, ou *ta mort* ?

– Mets *notre mort*, non ? »

Notre mort. J'ai hâte.

Je recherche l'Amour.

Mais rien que l'idée de recherche me prouve qu'il est perdu.

37

Dernier Tryptique. Je traverse la salle. Regard vide. À la recherche de… ? Je ne sais pas. Un mec arrive :

« Excuse-moi, c'est toi Aldo, la pédale… ? »

Impression de déjà-vu. Je lui saute dessus. On renverse une table, une bouteille, deux filles. Qu'importe ! Mon cran d'arrêt est sous sa gorge. Effet instantané.

Pile, je gagne.
Face, tu perds.

Je sens ses jambes trembler. Il déglutit lentement. Ma lame scintille sous les projecteurs. Je souris.

« J'ai pas bien entendu ce que tu disais. »

Il marmonne quelque chose. Je le regarde dans les yeux. Il pleure. Silence. Je me lève.

« Quelqu'un a quelque chose à rajouter ? »

Silence. Encore.

Quelqu'un me bloque les bras, ma lame tombe. On me porte dehors. Je tombe sur le trottoir. Asphalte glacé. Ma lèvre est coupée. Une goutte de sang tombe sur le col de ma chemise. Lentement. Je peux presque la voir, la prévoir. Impression de déjà-vu. Viré au dernier Tryptique, bel exploit, monsieur Aldo.

Champagne sur la terrasse du café d'en face.

La nuit est tombée. Sortie d'une boîte. Direction chez Maxim's. Table basse et rideaux rouges. Velours. Je m'accroupis. Poudre blanche dans les narines, mixture de mes os broyés, explosion de mon esprit, poussière de mon âme : deux rails. Dépassez la dose prescrite.

Maintenant, rien ne m'arrête. Parce que c'était le cas avant ?

Les arcades de la rue de Rivoli s'étendent devant moi. L'aurore.

Je suis un roi qui rentre dans son royaume. Les soldats sont en joue. Prêts à tirer.

À mon commandement...

Il suffit de courir pour gagner.

En fin de compte, le ciel n'est pas si loin.

38

Un jour, j'avais rendez-vous avec une fille magnifique.

Je savais que je ne pourrais jamais la regarder dans les yeux.

Je savais que je ne pourrais jamais la toucher.

Je savais que je ne pourrais jamais l'embrasser.

Elle a compris ma timidité.

Et, sur les banquettes rouges du café de Flore, elle a passé sa main pleine de chaleur derrière mon cou glacé. Elle a approché sa bouche de mon oreille et elle a murmuré :

« Tu es très beau. »

Pendant un quart de seconde, je croisai son regard.

Puis, je baissai les yeux vers ma tasse de café.

Dans le liquide noir se reflétait mon visage. Enfin, je m'admirais. La fille avait disparu, emmenant avec elle mon ancienne peur et en me permettant de m'aimer.

Mais tout ça se nomme passé maintenant.

Oublions-le : vous cherchez l'Antidote ? Je serai le Poison. Mais qu'importe...

Qu'importe l'alcool tant qu'on a l'ivresse.

Pendant ces deux dernières années, j'ai construit la destruction de mon *ancien moi*. Du jeune homme normal que j'étais. Plus rien n'existe maintenant.

Et ce n'est pas vos règles, vos devoirs, vos droits, votre... réalité qui vont me faire changer.

Devant le tribunal du Jugement dernier, je vous regarderai : vous, les Juges. Je ne serai que ce que je suis, vous verrez ce que j'ai fait de ma vie, vous verrez mes actes, mes pensées. Et vous me jugerez. Coupable. Rappelez-vous :

Take all you can, and give nothing back.

Mon unique fantasme est de me réveiller dans une ville où il serait interdit de dormir.

Endormez-vous, j'arrive.

Ambition, néant, j'ai déjà donné.

ÉJACULATION PRÉCOCE.

Je vous ai dit ce que j'ai fait, ce que j'ai vu. Ne soyez ni professeur, ni juge, et surtout jamais adulte.

Et rappelez-vous, tant qu'il y a un choix, il n'y a pas besoin d'aide. Sur ce, adieu.

J'espère que jamais vous ne penserez du bien de moi.

39

Week-end fou : deux concerts, ma mère est à Marrakech, trois soirs, trois fêtes chez moi. Les bouteilles de champagne encombrent le parquet. Réveil plus que difficile. Ce soir, promis, je ne sors pas. Je dîne avec ma grand-mère. Discours habituel sur les problèmes familiaux. Propagande.

Moi je pense à laaaaaaaaaaaaa cavalerie.

On remonte ma rue. Le vent me fait pleurer. Au loin, les étoiles me regardent.

J'aimerais crier que, moi, je peux les toucher. Mais le silence de cette nuit me laisse sans voix. Je me tourne vers ma grand-mère :

« Elle a de la chance, maman. Marrakech, le soleil, les voyages...
– Bah ! Toi aussi, tu partiras seul quand tu seras plus grand. »

Ma grand-mère continue d'avancer. Mais.
Elle s'arrête, me dévisage.
« Au fond, tu n'iras pas à Marrakech plus tard. Tu iras bien plus loin, toi ! Sur Vénus ou sur Mars ! »
Silence. Tout s'arrête. Finis, les étoiles, le ciel, le vent. Tout EXPLOSE en poussière. Je suis bouche bée.
Ma grand-mère vient juste de définir les droites parallèles qui se croisent dans mon cerveau, les cercles carrés que je vois dans le ciel et les triangles à quatre cotés sur lesquels je marche.

It's over.

« Tu iras bien plus loin, toi ! Sur Vénus ou sur Mars ! »
« Tu iras bien plus loin, toi ! Sur Vénus ou sur Mars ! »
« Tu iras bien plus loin, toi ! Sur Vénus ou sur Mars ! »
« Tu iras bien plus loin, toi ! Sur Vénus ou sur Mars ! »
« Tu iras bien plus loin, toi ! Sur Vénus ou sur Mars ! »

Je retiens la leçon. Arrivé chez moi, texto sur mon portable.

« On est à Nation, rejoins-nous. »

J'avais promis pourtant.

Comme quoi, ne me faites pas confiance.

Je transperce la nuit, déjà loin.

Toujours.

Vous connaissez la fin : tout le monde meurt.

40

« Il regarda sa banlieue à travers les vitres sales de sa chambre. Sa pitoyable banlieue, il la connaissait par cœur : les moindres rues, les moindres recoins, les moindres habitants… il les connaissait comme sa poche. C'était chez lui, c'était son passé, son présent et son tombeau. Dehors, la lune brillait comme jamais. Le vent frappait la maison toute tremblante. À chaque instant, un bruit sourd et violent secouait le plancher. À chaque instant, il sursautait.

Je le voyais de dos, collé contre la vitre. Sa femme dormait dans son lit. La pauvre, elle avait depuis des mois du mal à dormir, elle avait dû encore prendre son somnifère qui la faisait ronfler. Celui vendu dans la boîte bleue.

Il ne m'avait pas entendu. Je sortis la lame de la doublure de ma veste. Une veste magnifique. Rouge, avec un col châle en soie et des motifs triangulaires parfaitement imprimés sur le velours. Un velours de très bonne qualité, un velours italien. Je voyais mes yeux qui se reflétaient dans l'argent poli de la dague. C'était un miroir, un versant de lune. Je la tenais fermement dans ma main droite. La gauche, elle, tremblait.

Il se retourna. En quelques secondes, ses yeux passèrent rapidement sur ma main, la lame, mes yeux, mon cœur. Sur le lit, sa femme n'était plus qu'une immense flaque de sang et de boyaux arrachés. La boîte bleue de somnifères s'était même renversée. On peut voir ça comme le facteur punitif.

La dague lui entailla le ventre. Elle tournait facilement dans son estomac, elle remontait son œsophage, tranchant d'un coup sa trachée. Elle fit éclater l'un de ses poumons, l'autre sortit de sa cage thoracique et glissa sur le sol. Son diaphragme se rompit en deux. Elle entra dans le pancréas, le foie, la rate. Elle lui coupa une main. Il tomba à genoux. Elle lui coupa la langue, lui arrachant peu à peu les dents inférieures. Son oreille gauche tomba. L'autre était, bizarrement, plus résistante, il fallut s'y reprendre au moins trois fois.

Je regardais ses yeux. Il ne pleurait même pas. Il n'avait pas crié. Allez, tu peux souffrir. Ma lame tomba à terre. Son sang s'était répandu sur tout mon corps. Et cela me faisait un plaisir fou. Un plaisir plus fort qu'un baiser, plus fort qu'une décharge électrique, plus fort qu'un orgasme. Je souriais, fou de joie. Je me penchai pour l'embrasser. L'embrasser une première fois. L'embrasser une dernière fois. »

Achevé d'imprimer en novembre 2007 sur les presses de la SEPEC
Rue de Prony - ZAC des Bruyères - 01960 PERONNAS
Tél : (33) 04 37 62 11 06
Dépôt légal 4e trimestre 2007 - Imprimé en France